어멍 닮은

 섬 노래

시와 사진·시린

풍경은 노래 닮다.
그래서 우리는 피부가 벗겨진 손을 소독약에 문지르고,
빨갛게 헌 귀에 마스크를 걸고서라도 자꾸만 나가고 싶다.
당신과 나는 풍경 속으로 들어간다.
잊고 있던 노래를 떠올리듯, 가만히 풍경에 귀 기울인다.

사진은 시 닮다.
사진도 시도, 풍경이 내게 들려 주는 이야기니까.
많은 이야기를 들었고, 때로는 받아 적었다.
여기 적힌 이야기들은 바닷가에서 주워 온 작지 한 알만큼도 안 된다.
책상 위에 올려둔 작지처럼 작고 쓸모없지만,
가만히 바라보면 느껴지는 따스한 바람이 있다.
그 바람들, 내가 미처 담지 못한 이야기들을 당신이 함께 써 주면 좋겠다.

2022.2.28.
공천포에서 시린.

* 어멍 닮은-엄마 닮은/엄마 같은
  작지-자갈

* 제주어는 각주를 달아 두었습니다. 단, 「표준어로 읽는 시」가 있는 경우
  따로 각주를 달지 않고, 제목에 사용된 제주어만 표준어로 표기했습니다.

** 「표준어로 읽는 시」는 본문 전체가 제주어로 쓰인 시를 표준어로 바꾼
  것입니다. 찾아 읽기 쉽도록 페이지를 표기해 두었습니다.

*** 필사를 하거나 글을 쓸 수 있도록 만든 라이팅북입니다.
  작가노트가 적힌 페이지를 비롯하여, 모든 여백은 일부러 비워둔 것입니다.
  즉, 이 책은 아직 다 쓰이지 않았습니다.
  당신의 글과 이야기로 책을 완성해 주세요.

_일러두기

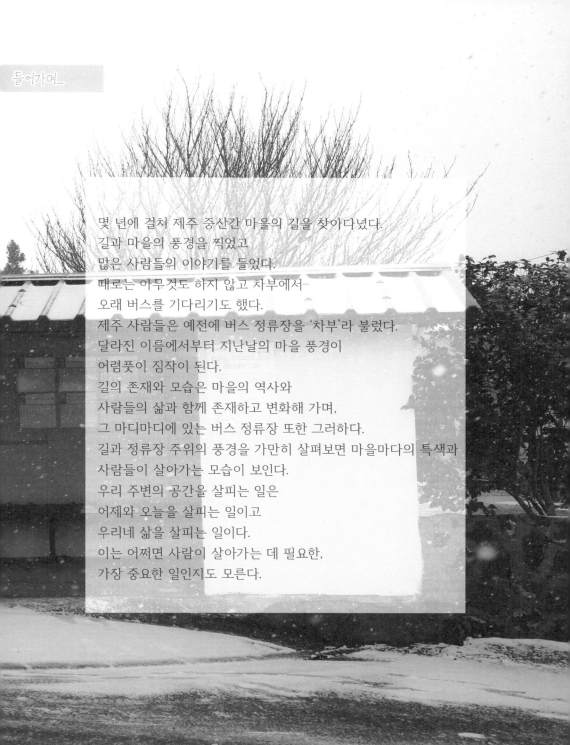

몇 년에 걸쳐 제주 중산간 마을의 길을 찾아다녔다.
길과 마을의 풍경을 찍었고
많은 사람들의 이야기를 들었다.
때로는 아무것도 하지 않고 차부에서
오래 버스를 기다리기도 했다.
제주 사람들은 예전에 버스 정류장을 '차부'라 불렀다.
달라진 이름에서부터 지난날의 마을 풍경이
어렴풋이 짐작이 된다.
길의 존재와 모습은 마을의 역사와
사람들의 삶과 함께 존재하고 변화해 가며,
그 마디마디에 있는 버스 정류장 또한 그러하다.
길과 정류장 주위의 풍경을 가만히 살펴보면 마을마다의 특색과
사람들이 살아가는 모습이 보인다.
우리 주변의 공간을 살피는 일은
어제와 오늘을 살피는 일이고
우리네 삶을 살피는 일이다.
이는 어쩌면 사람이 살아가는 데 필요한,
가장 중요한 일인지도 모른다.

_차례

1부
제주시, 예를 따라 서쪽으로

* 제주도에는 중산간 마을과 해안 마을이 있다. 중산간 마을은 해발고도 200 ~ 500m의 중산간 지대에 형성된 마을이다. 한라산을 가운데 두고 섬을 한 바퀴 도는 원의 형태로 중산간 마을이 분포해 있는 것이다. 1136번 국도인 중산간 도로가 함께 원을 그리며 마을을 잇는다. 책의 화자는(혹은 화자들은) 제주시의 동쪽 끝 구좌읍에서 시작해서 반시계 방향으로 중산간 마을을 한 바퀴 돈다. 서귀포시의 동쪽 끝 성산읍이 다시. 첫 마을이다.

1부
제주시 ─ 해를 따라 서쪽으로

나무는 나이가 들수록 속을 비운대

마을 어귀에 아름드리 나무가 반갑다
한껏 허리 숙여 길에 푸른 그늘 깔아 주니
장하다 기특하다 했는데
돌아보니 손질한 생선마냥 등허리가 다 터졌다
몸통을 세로로 길게 가른 칼집 안은
내장 부스러기 한 톨 없이 깨끗하게 비었다
아이구 애야 나는 잘도 오래 살암저
나추룩 오래 살민 소곱이거 몬딱 비와사 헌다
생선칼로 좍 갈라뒁 빼내사 산다
안 빼내민 썩어부난
문드러져 죽어부난
아이구 애야 너는 안칙 물애기로구나
나도 좀들기 전인 너추룩 두렷지

나무 몸통의 속이 터져 시멘트로 메꾸었다.
나무는 커지고 굵어지다 어느 시기가 되면
밖으로 자라는 만큼 속을 비워 부피를 유지한다고 한다.
영원히 자랄 수는 없다. 사람도
채우는 걸 멈추고 비워야 할 때가 있다고
이야기해 주는 할머니 모습 같다.

#고목
#비움
#할머니의지혜

I_015

제주시-해를 따라 서쪽으로

구좌읍 송당리_

기다림을 기다림

너는 버스를 기다리고 있었다
버스기사는 출발시간을 기다리고 있었다
시간은 오후를 기다리고 있었고
오후는 밤을 기다리고 있었다
밤은 어둠을 기다리고 있었고
어둠은 불빛을 기다리고 있었다
불빛은 길을 따라 오는 사람을 기다리고 있었다
나는 길을 기다리고 있었고
길은
기다리고 있었다
기다림은 기다리는 것들을 기다리고 있었다

한없이 누군가를,
혹은 무언가를 기다리고 있는 강아지를 만났다.
차들도 비켜갈 만큼 간절한 눈빛과 몸짓.
그 기다림의 대상은 무엇이었을까.

#
#
#

I_019

제주시-해를 따라 서쪽으로

조천읍 선흘리_

어부애 걸음

아이는
한 발짝 뗄 때마다 한 근씩 무거워진다
할망의 등도
들숨 한 번에 일 도씩 굽는다
아이는 금세 아픈 다리를 잊고
작은 손가락을 사방으로 찌르며
함미 이건 모야 함미 저건 모야
함께 걷는 삼춘이 고개 못 드는 친구 대신
이건 돔박낭 저건 먹쿠실
낭썹은 초록 돔박고장은 빨강 먹쿠실 열매는 노랑
노란 구슬은 겨울철 생이들 밥이란다
함미 생이가 모야 저디 잇네 저디
날라댕기멍 쨱쨱 깍깍 허는 것이 생이주
째–째–까–까– 아이구 잘헌다 잘헌다
아맹헤도 이녁 손지는 천재 닮아
메께라! 숨 차난 웃지지 맙서게!
쌕쌕 웃는 할망 손이 아이 엉덩이를 토닥토닥

* 어부애–어부바
* 삼춘–남녀 구분하지 않고 연장자를 부르는 말

할머니가 아이를 업고 간다.
사람이 누군가를 업은 모습은 정겹고, 찡하다.
어린 동생을 업었던 우리의 등 또한 작았었기에.
손자를 업은 할머니는 등이 굽고 쉬 숨이 차기에.
그렇게 업고 업히어 사는 게 우리네 모습이기에.

#어부바
#등의온도
#업어줄까요

I_023

제주시-해를 따라 서쪽으로

고래가 된 섬

와산의 옛 이름은 눈미
산 중간에 있는데도 평평하다고
산이 누워 있다 해서 눈미였다지
그런데 왜 길은 죄 구불고불 삐뚤빼뚤인 거?
위로 구불 아래로 고불
좌로 삐뚤 우로 빼뚤
바람도 눈도 길 위에서는
이리 쏟아지고 저리 몰려가고
가만, 분명 산이라고 했지?
그런데 왜 수평선이 산보다 높이 있는 거?
바다로 가는 길이라서 그렇다구?
대체 무슨 소린지 모르겠네
이봐, 아무래도 말야
우리가 섬이라고 생각했던 이 땅이
고래 등인 거 아닐까?
엄청나게 큰 놈이라 아주 천천히 움직여서
우리가 알아채지 못하는 거지
그래서 가끔 원인 모를 멀미를 하는 거구
내 생각이 맞다면 큰일인데
언젠가는 전부 바다 밑으로 가라앉을 거 아냐
가만, 그러고 보니 지금도 가라앉고 있는 거 아냐?
그래서 바다가 땅보다 높이 있는 거였어!
그렇다면 이건 눈이 아냐, 파도 거품이라구!
아, 그런데 조금도 짜질 않네

혹시 내가 지금 꿈을 꾸고 있는 건가?
그렇다면 정말 멋진 꿈인데그래
고래가 섬이 되다니
좋아, 좀 더 놀아 보지 뭐
언제 또 고래 등에 타 보겠어

사람들이 묻곤 한다. 저 불빛은 뭐야?
고기잡이배의 불빛이라고 말해 줘도 처음엔 잘 믿지 않는다.
중산간에서 내려다보면 바다가 집보다도 산보다도 높다.
바다를 향해 걸으면 수평선은 위아래로 출렁댄다.
고래 등에 탄 기분이 이럴까.

#수평선의높이
#바다라떼기
#고래등에탄다면

I_027

제주시—해를 따라 서쪽으로

조천읍 대흘리_

어게!

영 눈 묻고 언 날
할망이 집이 콕 박아졍 잇지
무사 나왐수과
테레비에 짜파구리렌 허는 국수 나오난
잘도 맛좋아 보연게
아방이영 먹구정 허연 사가젠
게난 무사 빈손이꽈
점방 똘이 나신디
할망 짜파구리 만드는 법 알아집니까?
기냥 집이 강 지들립서양
나가 끌령 가쿠다, 허난
잘도 요망진 아이 닮수다에
가이가 나 손지똘이난
기꽈? 손지똘이 할망 닮아수과?
무사 나 닮안? 즈 어멍 닮앗주게
어멍은 누게 닮아신디마씀?
나 닮지
게난 손지똘도 할망 닮은 거 아니꽈
기?
예게
어게, 게민 나 닮앗저!
멩심헹 갑서양
어게!

                                        * 어게-어, 그래

→ 1_146 표준어로 읽는 시

다들 어르신들더러
날 추울 땐 집에만 있으라고 한다.
행여 넘어지기라도 하면
그러게 왜 나왔냐고 잔소리를 한다.
할머니 할아버지라고 볼일이 없을까.
TV 보다 갑자기 먹고 싶은 게 생길 수도 있는데.

#할머니생각난다
#자가용유모차
#외로워도슬퍼도먹고싶은음식

I_031

제주시-해를 따라 서쪽으로

조천읍 와흘리_

비나리

옛날의 옛날부터
어른들의 어른들은
신목님을 찾아갔다
새해를 맞을 때나
한 해를 수확할 때
마을이나 집안에
큰일이 있을 때나
말 못 하는 화 있을 때
어머니의 어머니와
아버지의 아버지
딸의 딸과 며느리
며느리의 아들들은
가슴에 품은 소지
전사된 염과 원을
신목님께 묶어두고
홀로 빌고 홀홀 벗고
사푼 딛어 돌아왔다
비나리 비나리
신목님 할망님
오래오래 건강헙서
부디부디 건강헙서
신목님 할망님
오래오래 속아수다
부디부디 펜안헙서

신목님 할망님
폭삭 고생 많아수다
그자 펜히 돌아갑서
신목님 할망님
초자와쥥 고맙수다
담에 또시 오켄 허민
영 버친 살이 말곡
서천에 지지 않는
꽃으로만 잇당 갑서
비나리 비나리

와흘 본향당(신당)에 있던 신목은 400년 된 폭낭이었다.
큰 눈이 유난히 잦았던 2018년 2월
나이 많은 나무가 걱정되어 찾아가니 괜찮아 보였다.
하지만 8개월 후의 태풍은 견디지 못했다. 신목은 쓰러졌다.
편히 쉬길 비나리했다. 오랜 세월 비원을 들어준 나무에게.
사람이 나무에게.

#신목
#나무에게말하다
#말할수없는소원

* 폭낭-팽나무

1_034

1_035

제주시-해를 따라 서쪽으로

할망 생각

내가 아직 학생이었을 때
매일 아침 돌집 차부에서 버스를 기다렸지
지붕이 있어 참 좋았어
비도 피하고 볕도 피하고
바람 팡팡 추위도 대충 막아 주고
장마철엔 모기가 좀 많긴 했지만
버스에서 내려 잠깐 앉아 쉬거나
주전부리하기에도 좋았지
하루는 학원 갔다 오는 길이었는데
갑자기 비가 쏟아지기 시작한 거야
난 얼른 뛰어갈까
그칠 때까지 좀 기다려 볼까
망설이며 버스에서 내렸는데
글쎄 할망이 우산을 들고 기다리고 있지 뭐야
지붕 아래서 쑥 나오는데 어찌나 놀랐던지
근데 나는 괜히 창피한 맘에
뭐 하러 나왔냐고 짜증을 냈거든
당연히 죽게 욕 들었지
우리 할망이 어디 보통 분이셔?
구십 넘어 돌아가실 때까지
아홉 남매 손지 스물 셋 증손지 여섯
이름 한 번 틀려 본 적 없는 분인데

얼마 전에 비가림 정류장을 새로 지었어
깨끗하고 어둡지도 않고

멀리서 오는 버스도 아주 잘 보여
차 안에서도 버스를 기다리는 사람이 잘 보이지
나는 이제 차가 있어서 버스를 잘 타지 않는데
새 정류장을 보면
왜 그런지 할망 생각이 나
우산으로 지팡이 짚고 걸어오던
웃지도 않던 할망 얼굴이

* 할망-할머니, 차부-정류장, 손지-손자

장소에 새겨진 기억은 때로 사물보다 오래 남는다.
달라진 풍경에서 불쑥 튀어오르는 기억은
우리를 놀라게 한다.
추억할 장소가 많다는 건 다행한 일이다.
지금은 없는 사람에게도.

#옛날정류장
#기다리는사람
#기억이머무는장소

I_039
제주시-해를 따라 서쪽으로

제주시 아라동_

비질

삼춘. 뭘 그렇게 쓰세요?
꽃이 떨어져서
꽃은 쓰레기가 아니잖아요
사람이 밟으면 쓰레기가 되지
삼춘은 매일 아침 꽃을 쓸었다
밟혀 쓰레기가 되지 말라고

삼춘. 뭘 그렇게 쓰세요?
잎이 떨어져서
쓸어 봤자 또 떨어질 거잖아요
떨어뜨려야 새잎이 날 수 있지
잘 떨어지라고 쓸어주는 거야
무슨 말인지 모르겠어요
네 나이엔 아직 모르지
어떤 것들은 가진 걸 다 버리고 겨울을 나고
어떤 이들은 쓸어버리는 법을 몰라 겨울을 살지
빈 자리가 있어야 봄이 온단다
걱정 말렴 죽은 것 같은 이 나무도
봄이 오면 새잎을 틔울 테고
겨울을 몇 번 더 지나 보면
너도 알게 될 거야

삼춘. 뭘 그렇게 쓰세요?
눈이 쌓여서
눈도 쓰레기인가요?
사람이 실퍼하면 쓰레기가 되지
저는 눈이 안 실프고 예쁜데요
그럼 이 눈으로 눈사람 만들젠?
그리고 우리는 눈사람을 만들었다
함께 있는 동안은 잊히지 말라고
잊히면 모두 쓰레기가 된다고

* 실퍼하면–귀찮아하면
만들젠?–만들래?

매일 비질을 하는 옆집 아주머니가,
낙엽을 쓰는 수위 아저씨가 참 이상했었다.
눈덩이 한번 못 굴려 봤는데 쌓인 눈을 치워버리는 어른들이
어릴 땐 그렇게 야속할 수 없었다.
아이의 질문에 잘 대답해 줄 수 있는
그런 어른이 되고 싶었다.

#낙엽쓸기
#눈쓸기
#어른의일

1_043

제주시 - 해를 따라 서쪽으로

제주시 오라동_

보리밭 길에서 잠시

아이를 데리고 모처럼 소풍
오랜만의 휴일 늦잠이 절실했으나
부지런히 도시락 싸고
옷 색깔 맞춰 입고
차로 한 시간을 달려왔는데
아이는 자꾸만 칭얼칭얼
카메라 보고 한 번을 안 웃어 준다
애들은 이기적이라니까
아냐 아직 어리니까
너 가고 싶은 데로 가서 놀아
너무 멀리만 가지 말고
애써 웃어 보이곤 맥이 빠져서
차려입은 옷에 흙이야 묻건 말건
보리밭에 털썩
그리고 잠시 바람 앞에 고요
시야에서 아이가 사라지고
사람들도 길도 사라지고
풀에 스치는 바람 소리만
순식간에 세상이 고요해졌다
너무 고요해 무서워졌다
이유 없이 울음을 터뜨렸을 때
아이는 이렇게 무서웠던 거구나
잘 보이지 않는 길과 세상이
어른들은 이기적이라니까

언제부터 어른이었다고
어릴 때 기억 다 잊어 먹고
나이 먹은 게 뭐 대단하다고
아이 말은 안 듣고 내 말만 했네
정신 똑바로 차려 너 이제 애 아냐
나한테 말했어야지 아이가 아니라
정신 똑바로 차리자 이제 어른답게
아이가 부른다

소풍하는 사람들 모습이 보기에는 참 좋은데
싸우고 돌아가는 사람들도 있고
우는 아이, 짜증내는 엄마도 있고
분명 기분 좋게 나왔을 텐데
서로 탓만 하지 말고
가끔은 상대와 눈높이 맞춰 보기.

#소풍
#휴식인가전쟁인가
#눈높이를맞추자

I_047

제주시—해를 따라 서쪽으로

애월읍 고성리_

착각

점방 삼춘이 빈 상자에 꽃가지를 꽂아놨네
지나가는 사람들 보라고 그랬나 봐
아니 그냥 지난밤 큰 바람에 부러졌길래
봉가 왕 꽂아뒀을 뿐
얼마 후면 어차피 지는 꽃일 테지만
그때까진 조금 더 피어 있으라고
사람들은 다 그래 저 좋으라고 한 줄 알지
꽃이 너 보기 좋으라고 피었겠냐
그래도 그걸로 기분이 좋아진다면
그래 그냥 그런 걸로 하자
꽃이 우릴 보고 활짝 웃어준다고
사람들은 다 그래 착각으로 사니까

* 봉가 왕-주워 와서

1_049

사람들은 보기 좋은 걸 좋아한다.
보기 좋은 꽃을 좋아라 보고, 남들에게도 보여 준다. 보기 좋으니까.
꽃처럼 보기 좋게 나를 보이려 애도 쓴다.
그러다 보니 가끔 착각을 한다. 남들도 다 그런 줄 안다.
꽃이 저 봐 달라고 피고 지는 줄 안다.
그런 착각 속에 사는 것도 나름 괜찮다.

#꽃피고꽃질때
#날보러와요
#착각은병이아냐

제주시—해를 따라 서쪽으로

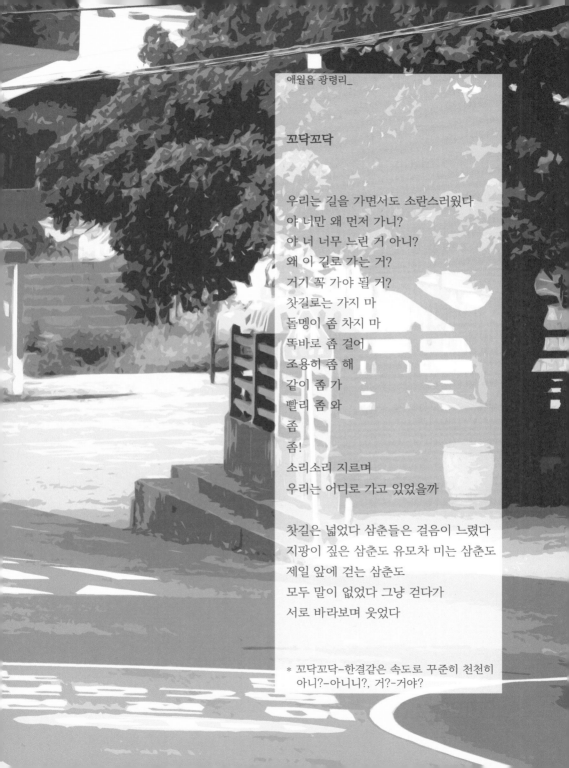

애월읍 광령리_

꼬닥꼬닥

우리는 길을 가면서도 소란스러웠다
야 너만 왜 먼저 가니?
야 너 너무 느린 거 아니?
왜 이 길로 가는 거?
거기 꼭 가야 될 거?
찻길로는 가지 마
돌멩이 좀 차지 마
똑바로 좀 걸어
조용히 좀 해
같이 좀 가
빨리 좀 와
좀
좀!
소리소리 지르며
우리는 어디로 가고 있었을까

찻길은 넓었다 삼춘들은 걸음이 느렸다
지팡이 짚은 삼춘도 유모차 미는 삼춘도
제일 앞에 걷는 삼춘도
모두 말이 없었다 그냥 걷다가
서로 바라보며 웃었다

* 꼬닥꼬닥-한결같은 속도로 꾸준히 천천히
  아니?-아니니?, 거?-거야?

1_054

지팡이, 유모차에 몸을 기대고
나란히 걷는 어르신들 모습에서
왜 어린 날의 우리가 떠올랐을까.
우리는 어렸고 가만히 걷지를 못했다.
뛰고 쫓아가고 붙잡고, 소리는 또 왜 그리 질러댔는지.
꼬닥꼬닥 느린 걸음에서
어린 웃음소리 들렸다.

하나 둘 하나 둘 하나 둘
함께 가당했을까
하나 둘 웃음

제주시-해를 따라 서쪽으로

노래가 없었더라면

유채꽃 노랗게 지저귈 때
보리밭 푸르게 손 흔들 때
붉은 흙 검은 눈물 머금을 때
가만히 귀 기울이면
들려오는 이야기가 있지

흙으로 성벽을 쌓은 사람들
둑길 걸어갔던 사람들
그들의 이야기
아방의 아방
하르방의 하르방들이
돌을 던지고
담 아래 숨고
피를 훔치고
눈물을 마신
그래도 밭을 갈고
씨를 뿌리고
살아가기 위해서 살아간 이야기

낭알에 애기구덕 자꾸 돌아보다가
이랑 넘는 울음소리 헐레벌떡 달려와
젖 물린 어멍이 불러주는 자장노래
한숨 섞일세라 조심조심 부르는
어멍의 어멍이 살아온 이야기
할망의 할망이 들려준 이야기

그런 이야기가 있지
꽃과 함께 진 이야기
바람 따라 날아간 이야기
흙 속에 묻힌 이야기
사람들처럼 떠난 이야기
다시 돌아온 이야기
아방의 아방 이야기
할망의 할망 이야기
세상 모든 이야기들
어찌 알았을까
노래가 없었더라면

* 흙 성벽-항몽유적지에 있는 토성
* 아방-아버지, 하르방-할아버지
  낭알-나무 아래, 애기구덕-요람
  어멍-어머니, 할망-할머니

들판의 바람 소리는 노랫소리를 닮았다.
가만히 귀 기울이면
꽃 한 송이, 풀잎 하나, 흙 한 덩이가
저마다 품고 있는 이야기를 바람에 실어
노래하는 듯하다.

#유채꽃지저갈때
#푸른보리손흔들때
#들판의노래

I_059

제주시-해를 따라 서쪽으로

애월읍 수산리_

마중

집 앞의 눈을 모두 치워 두었단다
방마다 불을 지피고
이제 버스 정류장으로 나가 보려는 참이야
혹시 날이 어둡고 너무 추우면
꼭 오지 않아도 된단다
걱정 말렴, 우린
조금도 기다리지 않을 테니

자식들이 온다고 하면 어머니 아버지들은
하루 종일 밖을 내다보다가
날 추우니 그러지 말라는데도
기어이 큰길까지 나와 기다리곤 한다.
바쁜데 오지 말라니까 왜 왔어, 하며
빨간 볼웃음을 감춘다.

#고향집
#마중
#부모님의거짓말

I_063

제주시─해를 따라 서쪽으로

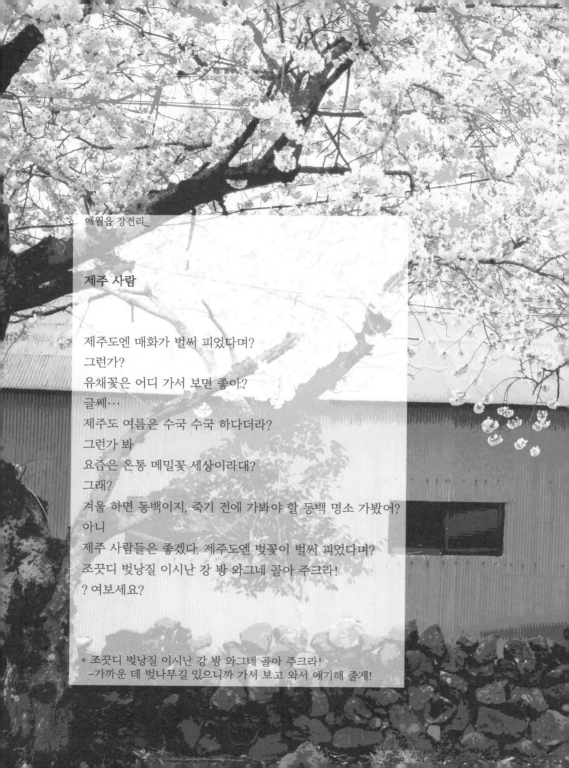

애월읍 장전리_

제주 사람

제주도엔 매화가 벌써 피었다며?
그런가?
유채꽃은 어디 가서 보면 좋아?
글쎄…
제주도 여름은 수국 수국 하다더라?
그런가 봐
요즘은 온통 메밀꽃 세상이라대?
그래?
겨울 하면 동백이지, 죽기 전에 가봐야 할 동백 명소 가봤어?
아니
제주 사람들은 좋겠다. 제주도엔 벚꽃이 벌써 피었다며?
조끗디 벚낭질 이시난 강 봥 와그네 골아 주크라!
? 여보세요?

* 조끗디 벚낭질 이시난 강 봥 와그네 골아 주크라!
－가까운 데 벚나무길 있으니까 가서 보고 와서 얘기해 줄게!

제주 산다고 하면 사람들은 그런다.
맨날 바다 보니 좋겠다.
경치 좋은 데서 살아 좋겠다.
꽃구경 갈 데 많아 좋겠다.
거기 가봤어? 거기 어때? 어디가 제일 좋아?
제주 사람은 억울하다.
너는 서울, 부산, 춘천, 목포 구석구석 다 아냐?

♯♯꽃대궐차리인동네
♯♯부러워 마
♯♯우리도 어디가볼까

제주시-해를 따라 서쪽으로

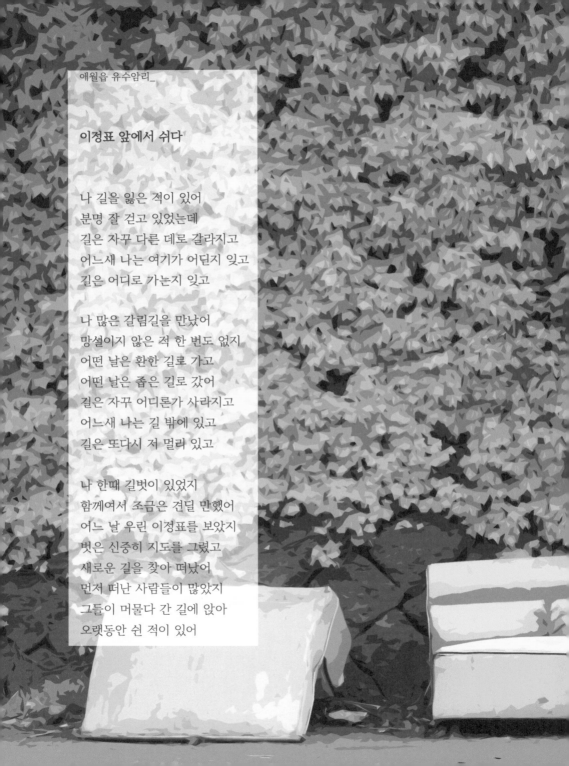

애월읍 유수암리_

이정표 앞에서 쉬다

나 길을 잃은 적이 있어
분명 잘 걷고 있었는데
길은 자꾸 다른 데로 갈라지고
어느새 나는 여기가 어딘지 잊고
길은 어디로 가는지 잊고

나 많은 갈림길을 만났어
망설이지 않은 적 한 번도 없지
어떤 날은 환한 길로 가고
어떤 날은 좁은 길로 갔어
길은 자꾸 어디론가 사라지고
어느새 나는 길 밖에 있고
길은 또다시 저 멀리 있고

나 한때 길벗이 있었지
함께여서 조금은 견딜 만했어
어느 날 우린 이정표를 보았지
벗은 신중히 지도를 그렸고
새로운 길을 찾아 떠났어
먼저 떠난 사람들이 많았지
그들이 머물다 간 길에 앉아
오랫동안 쉰 적이 있어

갈림길에서 막막할 때가 있다.
이정표를 뚫어지게 본들 답은 없다.
이정표는 길을,
길은 길을 알려주지 않는다.
어디로든 이어지는 길이다.
그래도 불안하다면 걸음이 내킬 때까지
쉬어가면 될 일이다.

#갈림길
#이정표
#길위의방설임

I_071

제주시—해를 따라 서쪽으로

애월읍 소길리_

버스가 올 때까지

버스를 기다리는 시간은 길다
책을 읽어도
통화를 해도
사진을 찍어 봐도
남은 시간은 그대로 길다
한 발짝 앞에 떠난 버스의 조롬을 보고 나면
버스를 기다리는 시간은 곱절 더 길다
밝은 방낮 계절은 여름
조작벳은 지글거리고
잠깐 쏟은 소나기는 지열을 안고 피어오르고
피부는 닦을 새도 없이 흘러내리는 아이스크림 같고
마을방송에선
폭염주의보가 발효 중이니 외출을 자제하십시오
그냥 집에 돌아갈까
낭앞서 건불리던 삼춘이 날보고
차 놓천? 냉커피 먹어져?
대답도 안 듣고 사라졌다가
병째로 들고 나온다
커피나 먹고 앚앙 셔 그추룩 안 베려바도
때 뒈민 온다게
삼춘이 탄 커피, 너무 달고 너무 찬
버스가 올 때까지 마시는
달고 차가운 시간

→ 1_150 표준어로 읽는 시

1_074

날씨가 험한 날
너무 덥고 너무 춥고 비바람 심한 날
버스를 기다리는 시간은 길기만 하다.
시골 마을 어느 정류장은 어느 집 문 앞에 붙어 있다.
나무그늘 평상에 삼춘들이 나와 앉아 바람을 쐰다.
나누어 마시던 보리차, 커피잔을
이방인에게 불쑥 내밀기도 한다.

#정류장에서만난사람
#여름엔냉커피
#낯선마을에서커피얻어먹기

I_075

제주시-해를 따라 서쪽으로

나무의 목소리

너무 오래된 낭은 무서워
그늘에 혼자 앉아 있으면
아이 목소리가 나는 거 닮아
맞아 우리 할망이 그러는데
옛날에 이 낭 아래 큰 고망이 있어서
난리 때 사람들이 숨어 살았대
그럼 그때 여기서 누가 죽었나?
아니 그건 아닐 거야 할망이 그러는데
낭은 우리 얘기를 다 듣고 있대
사람들 목소리를 하나도 잊지 않고 다 품고 있다가
나이를 아주 많이 먹으면
하나씩 꺼내 들려주기도 한대
잊지 말라고
기억하라고
그럼 역시 죽은 아이 목소리라는 거네
그게 아니라니까 너가 들은 건 나무의 목소리야
사람들이 잊어버린 이야기를
나무가 들려주는 거야
나무의 목소리는 늙지 않으니까

* 낭-나무, 닮아-같아, 할망-할머니, 고망-구멍

상가리에 천년을 산 폭낭이 있다.
제주에서 제일 나이 많은 나무라 한다.
속이 비기 시작한 지도 오래, 어느 해 태풍에 쓰러져
커다란 밑동 아래 구멍을 품은 모습으로 누워버렸다.
4·3 때 그 구멍을 통해 땅속 동굴로 들어가
숨어 살았다는 사람들의 이야기가 있다.

* 폭낭-팽나무

1_079

체주시-해를 따라 서쪽으로

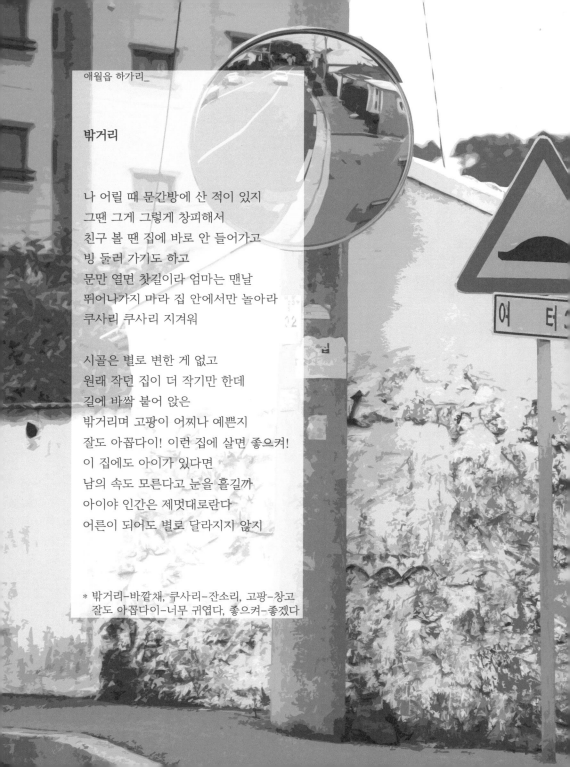

밖거리

나 어릴 때 문간방에 산 적이 있지
그땐 그게 그렇게 창피해서
친구 볼 땐 집에 바로 안 들어가고
빙 둘러 가기도 하고
문만 열면 찻길이라 엄마는 맨날
뛰어나가지 마라 집 안에서만 놀아라
쿠사리 쿠사리 지겨워

시골은 별로 변한 게 없고
원래 작던 집이 더 작기만 한데
길에 바싹 붙어 앉은
밖거리며 고팡이 어찌나 예쁜지
잘도 아꼽다이! 이런 집에 살면 좋으켜!
이 집에도 아이가 있다면
남의 속도 모른다고 눈을 흘길까
아이야 인간은 제멋대로란다
어른이 되어도 별로 달라지지 않지

* 밖거리-바깥채, 쿠사리-잔소리, 고팡-창고
  잘도 아꼽다이-너무 귀엽다, 좋으켜-좋겠다

가난한 어린 시절을 보낸 사람들은 그런 기억이 있을 거다.
집과 관계된 모든 게 다 창피했던 기억.
여행과 일상의 거리가 가까워진 요즘
여행이라는 허울로 타인의 일상을 침범하고 있지는 않은지,
사진이라는 포장을 타인의 가난에 덧씌우려 하지는 않는지
돌이켜 볼 일이다.

#집의기억
#누군가에겐추억사진
#타인의가난

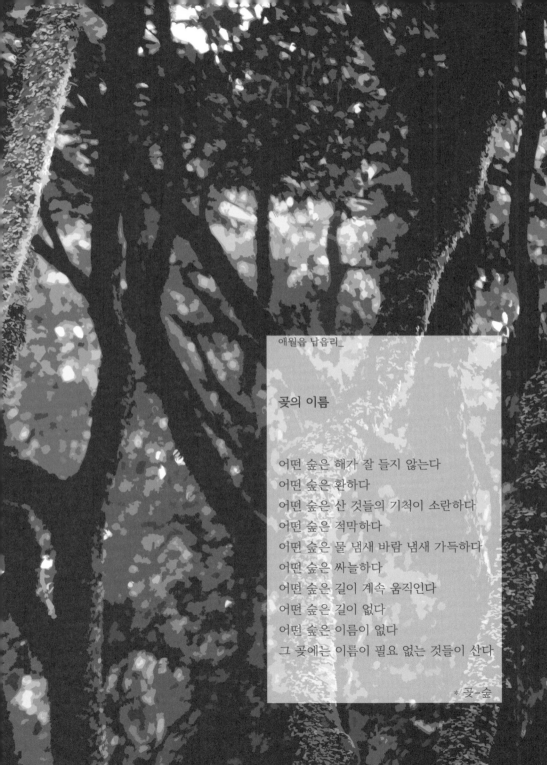

애월읍 납읍리_

곳의 이름

어떤 숲은 해가 잘 들지 않는다
어떤 숲은 환하다
어떤 숲은 산 것들의 기척이 소란하다
어떤 숲은 적막하다
어떤 숲은 물 냄새 바람 냄새 가득하다
어떤 숲은 싸늘하다
어떤 숲은 길이 계속 움직인다
어떤 숲은 길이 없다
어떤 숲은 이름이 없다
그 곳에는 이름이 필요 없는 것들이 산다

*곳–숲

1_086

'곶'은 숲의 제줏말이다.
제주에만 있는 '곶자왈'이라는 곳도 있는데,
흙 없는 돌땅에 가시덤불과 나무가 마구 엉클어져 있는 숲을 말한다.
숲, 수풀 림, 나무가 모여 있는 곳.
어떤 이름으로 부르건, 어떤 모습을 하고 있건
그곳은 그 자리에 있을 뿐이다.

너얼

이룸

차부 앞집 오름이

오름이가 약속에 매일 늦길래
왜 자꾸 늦냐고 물어보니
아직 차가 없어 그렇다나
버스 시간을 모르냐고 물어보니
시간표도 알고
차부 앞집에 살아서
버스 오는 소리가 나면
얼른 뛰어나가면 되는데
그러다가 꼭 한발 늦어
버스를 놓친다나
미리 나와 기다리면 될 거 아니냐고 하니
그럼 차부 앞집에 사는 의미가 없다나
됐고! 이제부터 늦으면 십 분에 만 원씩이야!
그나저나 차부가 집 앞에 있는데
왜 차부 뒷집이 아니고 앞집인 거?
뒷집보다 앞집이 어감이 좋다나
뒷오름보단 앞오름이 부르기도 좋지 않냐며
천연덕스럽게 웃는
차부 앞집 오름이

* 차부-정류장, 오름-기생화산

제주에는 길과 정류장에 바싹 붙어 있는 집들이 많다.
어떤 정류장에서는 낮은 담과 열린 문 안으로
집 안이 훤히 들여다보이기도 한다.
남의 집 신발을 흘긋거리다 보니
학교 정문 앞집 살면서 맨날 지각만 하던
초등학교 친구 생각이 나기도 했다.

#앞집
#지각엔늘핑계가있는법
#소꿉친구

I_091

제주시—해를 따라 서쪽으로

여름방학

외갓집은 멀었다 버스를 몇 번이나 갈아타야 했다
제일 가까운 정류장에 내려서도 한참을 걸어야 겨우 도착했다
외할머니는 좋지만 외갓집은 너무 멀고 벌레가 많아 싫었다
큰맘 먹고 엄마한테 물었다 엄마 시골 안 가면 안 돼?
왜? 할망은 니들 오기만 기다리는데
니들은 할망 안 보고 싶어?
할망은 보고 싶지만 할망 집은 싫어
엄마 할망보고 우리 집에 오라고 하면 안 돼?
엄마가 가서 할망 모시고 오면 안 돼?
엄마가 말했다 할망은 차를 못 타셔
차를 왜 못 타? 차 못 타는 사람이 어딨어
멀미가 너무 심해서 못 타셔
언제부터? 어릴 때부터
그럼 할망은 지금까지 차 한 번도 안 타 봤어?
물애기 땐 타 봤지 근데 할망 어릴 적에 난리가 났는데
어느 날 큰 차가 와서 마을 어른들을 다 태워갔대
할망의 하르방이영 어멍 아방 삼춘덜 몬딱 차에 탔는데
아무도 안 돌아왔어
마을엔 아이들만 남았어
할망은 그날부터 차 냄새만 맡아도 토악질이 나서 타지를 못 해
할망 혼례랑 엄마 결혼식도 마을회관에서 했어
엄마 아빠가 거기서 결혼했다구? 설날에 떡국 먹었던 데?
그래 거기
엄마 빨리 시골 가자 마을회관 가서 결혼식날 이야기해 줘
엄마 나도 커서 거기서 결혼해도 될까?
글쎄, 되지 않을까?

* 물애기-갓난아기/어린 아기
  하르방이영 어멍 아방 삼춘덜 몬딱
  -할아버지와 엄마 아빠 친척 어른들 모두

트라우마란, 발음마저 조심해야 할
쉽게 말할 수 없는, 해서는 안 되는 그런 것이다.
다친 몸이 언제까지고 아파서
다시는 차를 탈 수 없게 만드는 그런 것이다.
내 오랜 친구가 결혼할 때
차 못 타는 시할머니가 계시는 심심산골에서 식을 올렸다.
버스 몇 대를 빌려 하객들을 모셨다.
돌아가는 버스를 타는 손님들에게 새신부는 인사를 했다.
신랑과 함께 손님 한 명 한 명에게, 수백 번 절을 했다.
마음을 쓴다는 건 그런 것이다.

#방학에갔던곳
#차멀미
#어떤혼례

1_095

제주시-해를 따라 서쪽으로

눈 묻은 시

내가 좋아하는 어떤 시인은
눈에 대한 시로 유명해져서
별명이 눈사람인데
하루는 술자리에서
어떻게 하면 그런 시를 쓸 수 있냐 물었더니
외갓집이 눈 묻는 동네여서
방학 때마다 거기서 살았단다
제주도는
웃드르에 눈이 와도 갯거시는 잘 안 오고
산에만 가끔 눈이 묻는다
겨울에 비 내리면 한라산 한번 올려보고
산에 눈 묻엇저 한다

시인은 눈 묻는 동네에서
겨울 내내 눈을 기다렸고
시를 기다렸고
눈이 내리는 날엔 시가 내렸고
펑펑 쏟아지면 흠뻑 젖어 시 속에서 뛰어놀았고
눈 묻은 마당에 시를 받아 적었고
눈사람이 되었고 시인이 되었다
사람이 된 눈의 이야기
눈 묻은 시의 이야기

* 눈 묻다–눈 쌓이다, 눈 묻엇저–눈 쌓였어
  웃드르–중산간 마을, 갯거시–바닷가

제주도는 대한민국 최남단에 있다.
겨울이 따뜻할 거라 생각하기 쉽지만 늘 그렇지는 않다.
남한에서 가장 높은 한라산이 있으니까.
산이 높아서 지역마다 날씨가 다 다르다.
눈이 오는 동네가 있고, 안 오는 동네도 있다.
바다가 없는 곳에서 바다를 그리워하듯
눈 없는 지역에 사는 사람들은 눈 오는 동네를 부러워한다.
그곳에 가면 시가 쏟아져 내릴 것 같기도 하다.

#겨울기억
#눈오는동네
#시가내리는곳

I_099

제주시—해를 따라 서쪽으로

전상

초록이었다
육짓것이 자꾸만 비행기를 탄 이유
야반도주하듯 섬으로 오게 한 것은
가슴 시린 파랑이 아니라
새콤달콤 귤도 아니라
검은 돌 자글자글 주름진
늙은 녹색이었다

한겨울 눈을 보겠다고 산을 찾았던
도시내기의 눈에
이상한 나라의 그림처럼 비현실적인 초록은
굴메에 가려진 노구가 그리는 색이었다
계절도 추위도 어쩌지 못하는 전상
땅에 납작 붙은 그대로 굳은 몸은
한치의 쉼도 허락지 않는다

오몽해사 살아진다
한겨울의 녹색이 꾸짖는 소리
화들짝 놀란 철없는 것이
허겁지겁 부끄러움을 꾸려 메고 나섰다

* 전상-하나의 일에 오래 몰두하여 그 일과
    행위가 몸에 완전히 밴 것

*육짓것-뭍 출신/뭍에서 온 사람, 굴메-그림자
 오몽해사 살아진다-몸을 움직여야 살 수 있다

어머니 아버지들은 끙끙 앓으면서도 늙은 몸을 끌고 나간다.
오몽하지 않으면 더 아프다고 한다. 그게 전상이다.
제주의 색, 내게는 초록이었다.
겨울에도 사라지지 않는 녹색은
굴메 속에서 평생을 일한 노구가 그려내는 색이었다.

#제주의색
#녹색을만든사람
#오몽해시카

제주사–해를 따라 서쪽으로

풍경의 손짓

나무가 손짓한다
매일 다르게, 사람의 마음처럼
잘 가라고,
조심히 가라고,
더 늦기 전에 가라고,
조금만 더 있다 가라고,
가지 말라고,
잠시만 기다리라고,
가끔 돌아보라고,
기다리고 있다고,
여기 있다고,
꼭 돌아오라고,
돌아오지 말라고,
잠깐 들러 보라고,
어서 오라고,
잘 돌아왔다고,
잠시 쉬라고,
괜찮다고,
이제 어서 가라고,
잘 가라고,

배웅과 마중은 어쩌면 같은 말

1_105

제주시—해를 따라 서쪽으로

사람의 눈이 참 우습다.
나무는 그저 거기 있는데
어떤 날은 웃는 것 같고 어떤 날은 풀죽은 것 같고
어떤 날은 춤추는 것 같고 어떤 날은 손짓하는 것 같다.
사람의 마음이 꼭 그렇게 우습다.

#손짓하는나무
#보이는대로
#마음의풍경

제주시-해를 따라 서쪽으로

퇴근길

저녁은 또시 무시거 먹젠 하이고 실프다
성님은 저냑으로 뭐 잡술거꽈?
무시거 딴 거 이시냐 아칙이 먹고 넹긴 거 먹어사주
아칙엔 뭐 드션마씸?
무시거 이시냐 언치냑이 먹고 넹긴 거 먹엇주게

→ I_152 표준어로 읽는 시

고단한 하루 일을 마치고 돌아가는 저녁.
하지만 아직 끝나지 않은 하루 일.
돌아가면 또 해야 하는 일.
자고 나면 다시 해야 하는 일.
먹어야 하는 밥, 먹어야 할 밥.
그런 저녁, 그런 하루.

#저녁밥
#퇴근길의대화
#뭐먹을지가인생최대고민

I_III

제주시-해를 따라 서쪽으로

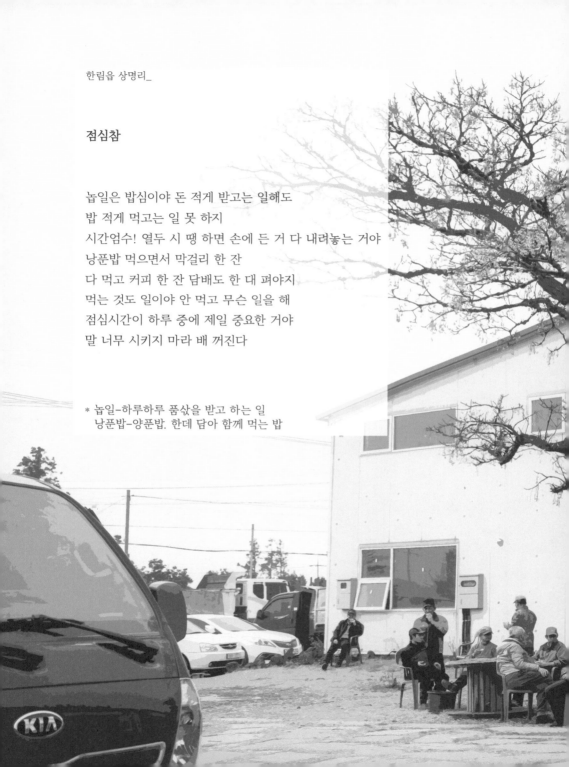

점심참

놉일은 밥심이야 돈 적게 받고는 일해도
밥 적게 먹고는 일 못 하지
시간엄수! 열두 시 땡 하면 손에 든 거 다 내려놓는 거야
낭푼밥 먹으면서 막걸리 한 잔
다 먹고 커피 한 잔 담배도 한 대 펴야지
먹는 것도 일이야 안 먹고 무슨 일을 해
점심시간이 하루 중에 제일 중요한 거야
말 너무 시키지 마라 배 꺼진다

* 놉일-하루하루 품삯을 받고 하는 일
　낭푼밥-양푼밥. 한데 담아 함께 먹는 밥

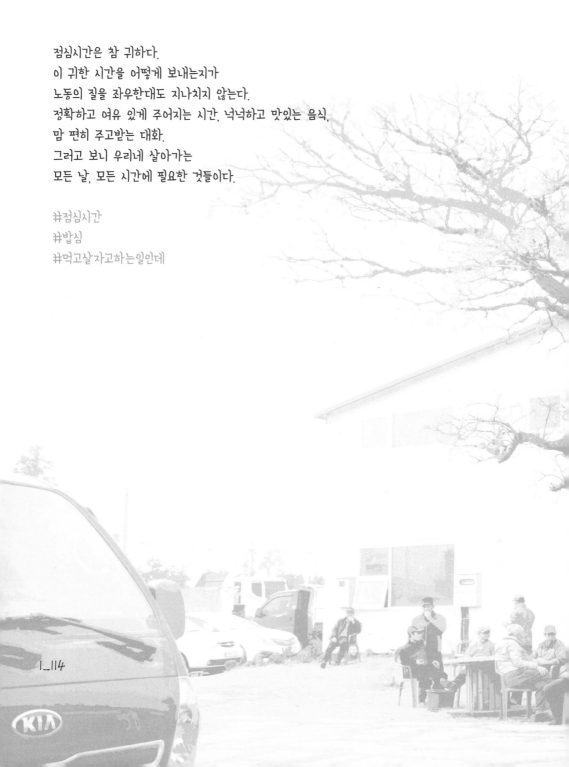

점심시간은 참 귀하다.
이 귀한 시간을 어떻게 보내는지가
노동의 질을 좌우한대도 지나치지 않는다.
정확하고 여유 있게 주어지는 시간, 넉넉하고 맛있는 음식,
맘 편히 주고받는 대화.
그러고 보니 우리네 살아가는
모든 날, 모든 시간에 필요한 것들이다.

♯점심시간
♯밥심
♯먹고살자고하는일인데

제주시-해를 따라 서쪽으로

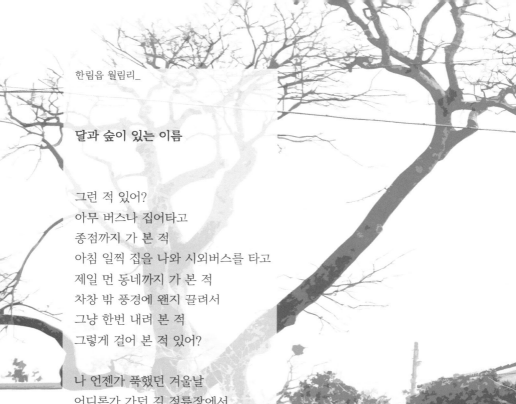

달과 숲이 있는 이름

그런 적 있어?
아무 버스나 집어타고
종점까지 가 본 적
아침 일찍 집을 나와 시외버스를 타고
제일 먼 동네까지 가 본 적
차창 밖 풍경에 왠지 끌려서
그냥 한번 내려 본 적
그렇게 걸어 본 적 있어?

나 언젠가 푹했던 겨울날
어디론가 가던 길 정류장에서
동네 이름을 보고 내렸어
예전부터 나는
달이 있는 이름과
숲이 있는 이름을
아주 좋아했는데
글쎄 여기엔 달과 숲이 다 있는 거야
그래선지 내 눈엔 나무만 보이고
모두 춤을 추고 있는 것만 같더라
여기는 춤추는 나무들의 숲이구나
이 숲에선 달빛도 춤을 출까
돌아오는 길에 혼자 중얼거렸어
보름달이 뜨는 날 다시 오자고

도시의 정류장 이름은 건물 이름이 많지만
시골에선 마을 이름이 그대로 정류장 이름이 된다.
어릴 적에 기차를 타면
지나는 역마다 마을 이름을 찾아 보는 게 재미있었다.
예쁘고 재미있는 이름을 찾으면 읽어 보곤 했다.
가끔 시골 버스 정류장에서 추억의 놀이를 한다.

#이름이뭐게
#아무데서나내리기
#어릴적했던놀이

1_119

제주시-해를 따라 서쪽으로

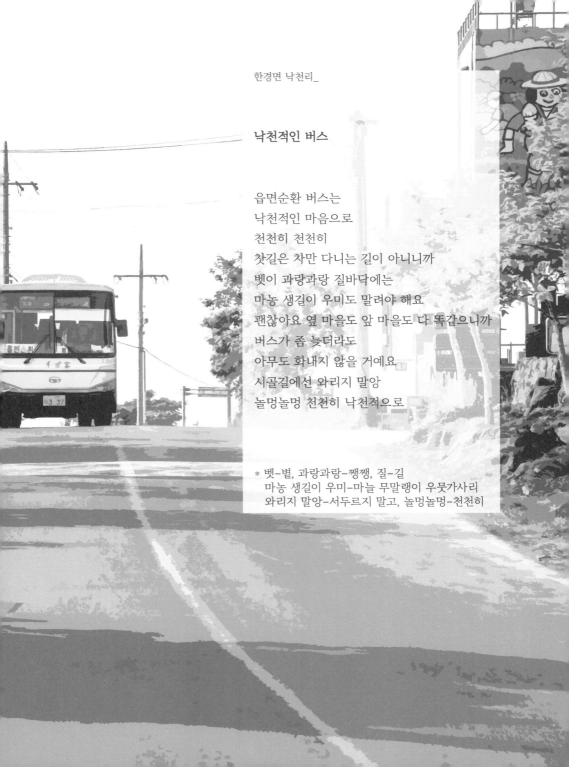

낙천적인 버스

읍면순환 버스는
낙천적인 마음으로
천천히 천천히
찻길은 차만 다니는 길이 아니니까
볏이 과랑과랑 질바닥에는
마농 생길이 우미도 말려야 해요
괜찮아요 옆 마을도 앞 마을도 다 똑같으니까
버스가 좀 늦더라도
아무도 화내지 않을 거예요
시골길에선 와리지 말앙
놀멍놀멍 천천히 낙천적으로

* 볏-볕, 과랑과랑-쨍쨍, 질-길
  마농 생길이 우미-마늘 무말랭이 우뭇가사리
  와리지 말앙-서두르지 말고, 놀멍놀멍-천천히

시골길을 다니다 보면
인도 찻길 가리지 않고 널려있는
농작물이며 해산물을 만나곤 한다.
도시내기들은 처음 보면 놀라기도 하고
이런 걸 깔아두면 어떻게 다니냐며 화도 낸다.
길이 포장되기 전부터 사람들은 농사짓고 고둥 잡으며 살았다.
늘 말리던 데에 똑같이 널어두었을 뿐.
시골길은 대개 한적하다. 서로 조금씩만 양보하면 될 일이다.

#시골길
#길바닥에널린것
#우미말리기

제주시-해를 따라 서쪽으로

바다에서 온 산

제주섬 한라산
하늘에서 보면 섬이라 제주도
땅에서 보면 산이라 한라산
바다에서 보면 뭍
물 위의 섬, 섬 위의 산
섬과 산 중에 무엇이 먼저 생겼을까
화산이 터졌으니 산이 먼저일까
그전에 땅이 솟았으니 섬이 먼전가
아니지 그 땅은 원래 바다 아래 있었지
한라산은 바다에서 왔구나, 소라처럼
우리처럼, 뭍에 사는 모든 동물 식물들처럼

어느 날 당신이 바다 아닌 곳에서
바람 안의 바다 내음 느껴지고
몸속을 도는 파도 소리 들린다면 그런 까닭
바다에 떠 있는 섬만 아니라
산이 곧 섬이듯
우리는 모두 바다에서 왔으니, 소라처럼
껍데기만 남았어도 먼 옛날의 기억을 잊지 않은 까닭

산은 어디서부터 산일까.
바다에서부터 재는 높이를 해발이라고 하니
바다에서부터 산인 걸까.
제주도는 화산이 터지면서 생긴 섬이라
산이 섬이고, 섬이 산이다.
땅이란 게 알고 보면 다 이런 건데
사람이 맘대로 선을 그어
요기부터 산, 요기까지 내 땅, 이러면서 산다.

#사람의지도
#바다에서온것
#소라껍데기의기억

제주시-하늘 따라 서쪽으로

한경면 조수리_

정류장

멈춤이 머무는 자리입니다

정류장은 재미있는 곳이다.
길에 있는 사람에게는 하나의 눈금이다.
차를 탄 사람에게는 스쳐 지나가는 배경이다.
버스를 기다리는 사람에게는 약속이거나
내리는 사람에게는 만남이기도 하고
멈추거나 멈춤을 생각하는 자리이면서
기다림과 쉼이 앉을 공간이 된다.
출발이면서 도착이고, 머물다가 지나친다.
어쩌면 '장소'라는 이름에 가장 마침한 곳.

♯멈춤
♯공간의눈금
♯장소의의미

1_131

제주시-해를 따라 서쪽으로

혼디

낭은 돌 으지하곡 돌은 낭 으지하곡
시상 무시거도 혼차서는 못 사난
게난 낭이영 돌이영 사름덜이영
이추룩 혼디 살고 혼디 늙는 거주

물 이신 디 모다졍 마을이 되곡
낭 으지하곡 돌 으지해영 집이 뒈얏주
게난 낭이영 집이영 사름덜이영
몬딱 혼디 살고 혼디 늙는 거주

물 어시민 낭 으지하곡
혹 어시민 돌 으지하곡
어디라도 기대서 살아진다
어디든 기대사 살아진다

어시민 어신 대로 살곡
버쳐도 버친 대로 살곡
살암시민 다 살아진다
이추룩 혼디 살고 혼디 가는 거주

* 혼디-함께

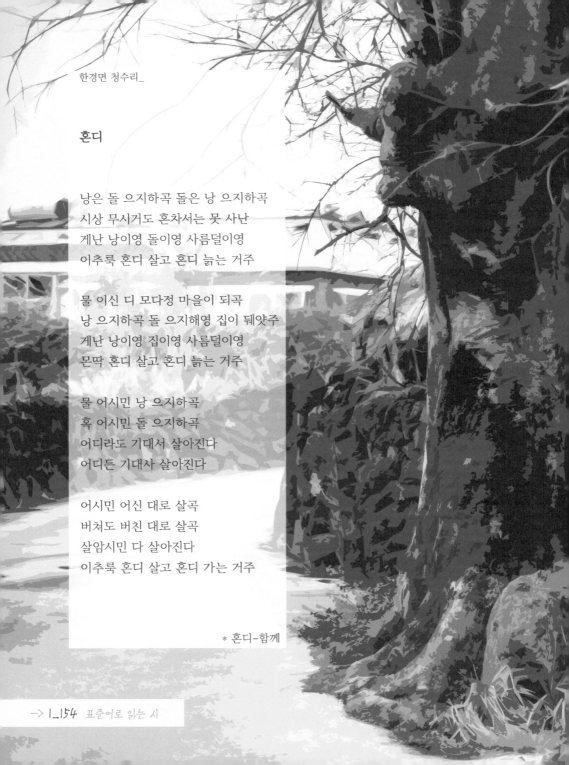

낭은 돌 으지하곡 돌은 낭 으지하곡.
흙이 없는 곶자왈의 모습이 그렇고, 화산섬 제주가 그렇고,
우리네 사는 모습이 그렇다.
둘이 서로 기대야 사람(人)이라 하지 않나.
기대어 사는 모든 것들이 애틋해 보이는 건
우리네 모습과 닮아서인가 보다.

#나무는돌의지하고
#사람은사람에게기대고
#기대어사는것들

* 곶자왈-흙 없는 돌땅에 가시덤불과 나무가 마구 엉클어져 있는 숲

1_135

제주시_해를 따라 서쪽으로

한경면 산양리_

텃세

삼춘 이 집에서 얼마나 오래 사션요?
열요답이 시집왕 죽장 살앗주계 그디는?
제주 언제부터 살안?
되묻는 말에 심장이 따끔
외지에서 왔다고 텃세 부리냐고
첨 보면 언제 왔냐고 꼭 물어본다고
그게 뭐가 중요하냐고 투덜댔는데
나가 이러고 있는 건 생각도 않고
까불리멍 뎅기다가 혼쫄나부런
대답하는 목소리가 우물우물
나가 귀가 왁왁허난 잘 못 들엄저
시에서 와시냐
온 지 얼마 안 뒈도 제줏말 잘햄신게
또시 놀레오라
예게 삼춘 건강헙서양

시골집 사는 어르신들을 만나면 습관적으로 물었다.
"언제부터 여기 사셨어요?"
"이녁은?" 되묻는 말에 정신이 화들짝 들었다.
언제 제주 왔냐고 묻지 좀 말았으면 좋겠다고
입에 달고 살았는데
어찌 똑같은 말을 남한테 하고 있었을까.
사람이 참 어리석다. 배울 게 너무 많다.

#남이하면텃세
#뻔한질문
#궁금할수있잖아

1_139
제주시-해를 따라 서쪽으로

ㅡ.
표준어로 읽는 시

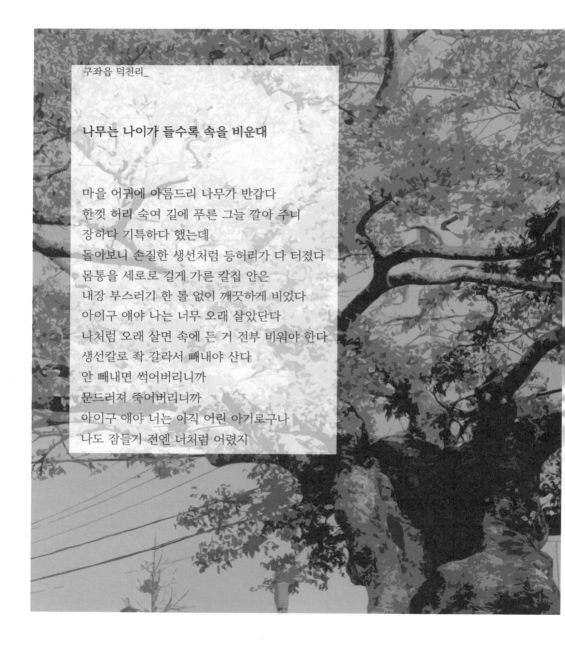

구좌읍 덕천리_

나무는 나이가 들수록 속을 비운대

마을 어귀에 아름드리 나무가 반갑다
한껏 허리 숙여 길에 푸른 그늘 깔아 주니
장하다 기특하다 했는데
돌아보니 손질한 생선처럼 등허리가 다 터졌다
몸통을 세로로 길게 가른 칼집 안은
내장 부스러기 한 톨 없이 깨끗하게 비었다
아이구 애야 나는 너무 오래 살았단다
나처럼 오래 살면 속에 든 거 전부 비워야 한다
생선칼로 쫙 갈라서 빼내야 산다
안 빼내면 썩어버리니까
문드러져 죽어버리니까
아이구 애야 너는 아직 어린 아기로구나
나도 잠들기 전엔 너처럼 어렸지

1_143

조천읍 선흘리_

어부바 걸음

아이는
한 발짝 뗄 때마다 한 근씩 무거워진다
할머니의 등도
들숨 한 번에 일 도씩 굽는다
아이는 금세 아픈 다리를 잊고
작은 손가락을 사방으로 찌르며
함미 이건 모야 함미 저건 모야
함께 걷는 삼촌이 고개 못 드는 친구 대신
이건 동백나무 저건 멀구슬
나뭇잎은 초록 동백꽃은 빨강 멀구슬 열매는 노랑
노란 구슬은 겨울철 새들 밥이란다
함미 새가 모야 저기 있네 저기
날아다니면서 쨍쨍 깍깍 우는 걸 새라고 하지
째-째-까-까- 아이구 잘한다 잘한다
아무래도 자네 손주는 천재 같아
아이쿠야! 숨 차니까 웃기지 좀 마!
쌕쌕 웃는 할머니 손이 아이 엉덩이를 토닥토닥

그래!

이렇게 눈 내리고 추운 날
할머니는 집에 콕 박혀 있잖고
어쩐 일로 나오셨어요
테레비에서 짜파구리라고 하는 국수 나오니까
너무 맛있어 보여서
남편이랑 먹고 싶어서 사러 나왔어
헌데 왜 빈손이에요
점방 딸이 나한테
할머니 짜파구리 만드는 법 아세요?
그냥 집에 가 기다리세요
제가 끓여서 갖다 드릴게요, 하길래
엄청 똑 부러진 아이 같네요
걔가 내 손녀야
그래요? 손녀가 할머니 닮았나요?
왜 날 닮아? 지 에미 닮았지
에미는 누굴 닮았는데요?
나 닮았지
그럼 손녀도 할머니 닮은 거잖아요
그런가?
예
그래, 그럼 나 닮았네!
조심해 가세요
그래!

1_147

비나리

옛날의 옛날부터
어른들의 어른들은
신목님을 찾아갔다
새해를 맞을 때나
한 해를 수확할 때
마을이나 집안에
큰일이 있을 때나
말 못 하는 화 있을 때
어머니의 어머니와
아버지의 아버지
딸의 딸과 며느리
며느리의 아들들은
가슴에 품은 소지
전사된 염과 원을
신목님께 묶어두고
홀로 빌고 훌훌 벗고
사푼 딛어 돌아왔다

비나리 비나리
신목님 할머님
오래오래 건강하세요
부디부디 건강하세요
신목님 할머님
오래오래 애쓰셨어요
부디부디 편안하세요
신목님 할머님
너무 고생 많으셨어요
그저 편히 돌아가세요
신목님 할머님
와주셔서 고마워요
담에 또 오시려면
이리 힘든 살이 말고
서천에 지지 않는
꽃으로만 있다 가세요
비나리 비나리

표준어로 읽는 시_제주시

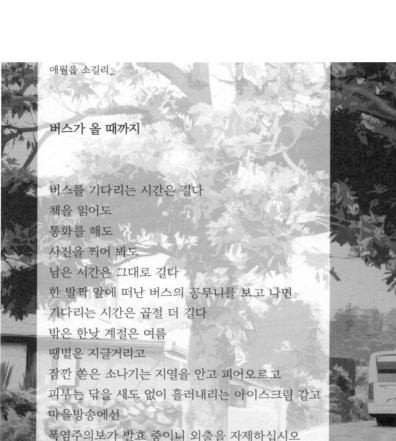

애월읍 소길리_

버스가 올 때까지

버스를 기다리는 시간은 길다
책을 읽어도
통화를 해도
사진을 찍어 봐도
남은 시간은 그대로 길다
한 발짝 앞에 떠난 버스의 꽁무니를 보고 나면
기다리는 시간은 곱절 더 길다
밝은 한낮 계절은 여름
땡볕은 지글거리고
잠깐 쏟은 소나기는 지열을 안고 피어오르고
피부는 닦을 새도 없이 흘러내리는 아이스크림 같고
마을방송에선
폭염주의보가 발효 중이니 외출을 자제하십시오
그냥 집에 돌아갈까
나무 아래서 바람 쐬던 삼촌이 날보고
차 놓쳤어? 냉커피 먹을래?
대답도 안 듣고 사라졌다가
병째로 들고 나온다
커피나 먹고 앉아 있어 그렇게 안 쳐다봐도
올 때 되면 오니까
삼촌이 탄 커피, 너무 달고 너무 찬
버스가 올 때까지 마시는
달고 차가운 시간

표준어로 읽는 시_제주시

퇴근길

저녁은 또 뭘 먹을까 하이고 귀찮아
형님은 저녁으로 뭐 드실 거예요?
뭐 별다를 거 있나 아침에 먹다 남긴 거 먹어야지
아침엔 뭐 드셨는데요?
뭐 있나 엊저녁에 먹다 남긴 거 먹었지

표준어로 읽는 시_제주시

함께

나무는 돌 의지하고 돌은 나무 의지하고
세상 무엇도 혼자서는 못 사니까
그러니 나무와 돌과 사람들
이렇게 함께 살고 함께 늙는 거지

물 있는 데 모여 마을이 되고
나무 의지하고 돌 의지해 집이 되었지
그러니 나무와 집과 사람들
모두 함께 살고 함께 늙는 거지

물 없으면 나무 의지하고
흙 없으면 돌 의지하고
어디라도 기대서 살아진다
어디든 기대야 살아진다

없으면 없는 대로 살고
힘들면 힘든 대로 살고
살다보면 다 살아진다
이렇게 함께 살고 함께 가는 거지

1_155

텃세

어르신 이 집에서 얼마나 오래 사셨어요?
열여덟에 시집와서 평생 살았지 그쪽은?
제주서 언제부터 살았어?
되묻는 말에 심장이 따끔
외지에서 왔다고 텃세 부리냐고
첨 보면 언제 왔냐고 꼭 물어본다고
그게 뭐가 중요하냐고 투덜댔는데
내가 이러고 있는 건 생각도 않고
까불고 다니다 혼쭐나는구나
대답하는 목소리가 우물우물
내가 귀가 어두워서 잘 못 들었어
시에 산다고?
온 지 얼마 안 돼도 제줏말 잘하네
또 놀러와
네 어르신 건강하세요

표준어로 읽는 시_제주시

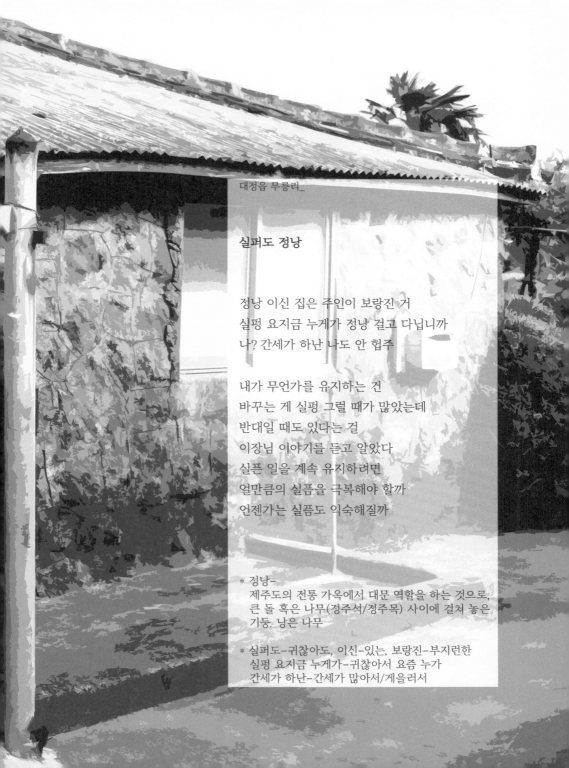

대정읍 무릉리_

실퍼도 정낭

정낭 이신 집은 주인이 보랑진 거
실펑 요지금 누게가 정낭 걸고 다닙니까
나? 간세가 하난 나도 안 협주

내가 무언가를 유지하는 건
바꾸는 게 실펑 그럴 때가 많았는데
반대일 때도 있다는 걸
이장님 이야기를 듣고 알았다
실픈 일을 계속 유지하려면
얼만큼의 실픔을 극복해야 할까
언젠가는 실픔도 익숙해질까

* 정낭–
제주도의 전통 가옥에서 대문 역할을 하는 것으로,
큰 돌 혹은 나무(정주석/정주목) 사이에 걸쳐 놓은
기둥. 낭은 나무

* 실퍼도–귀찮아도, 이신–있는, 보랑진–부지런한
실펑 요지금 누게가–귀찮아서 요즘 누가
간세가 하난–간세가 많아서/게을러서

2_162

옛것을 고수한다는 건
익숙한 게 편하고 좋기 때문만은 아니다.
때로는 얻을 수 있는 편안함보다
감내해야 할 불편함이 훨씬 크기도 하다.
기억 속의 장소가 바뀌는 모습에 서운할 때가 종종 있다.
그렇다고 무어라 할 수는 없다.
그 장소를 살아내야 하는 건 내가 아니므로.

#옛것
#불편감수
#보존의의미

2_163

서귀포시-다시 해 뜨는 동쪽으로

대정읍 신평리_

할망의 우영팟

난 절대 어멍추룩은 안 살켜
어멍은 맨날 그랬단다
게민 할망은 어멍신드레
똑 너 닮은 똘 난다게
경허멍 모녀가 싸웠단다
할망 집이 가지민 어멍은
이거 호썰 앗아붑서 저것도 호썰 데껴붑서
무사 꽁꽁 데명 놔둡수과 죽으면 필요 어신디
갈 제 앗앙 갈거꽈 제발 나 말 호썰 들읍서
무슨 말이 그러냐고 내가 암만 말려도
만나기만 하면 둘은 싸움만 했다

엄마 왜 이렇게 전화를 안 받아
그럼 그렇지 밭일 좀 그만하라니까
맨날 꽝 쑤신다며 그냥 사 먹어
옷은 또 왜 그거 입었어 버리라니까
전에 내가 사다 준 거 어디다 뒀어
나 김치 안 먹어 싸 줄 생각 하지 마
아 진짜 할망이랑 똑같다니까

기냐 나가 느 할망 닮아시냐
허긴 똘신디 쿠사리 먹으난 할망 맞주게
경헌디 야야 이추룩 앗앙 우영팟디 검질만 베리민
그추룩 너 할망 생각만 남저

영 고만이 셔도 버치난 검질이나 매사주 전상이라
하여튼 우리 어멍이 구신이주
으른덜 곧는 말 뜰린 거 호나 엇덴 헨게마는
어멍 말대로 똑 닮은 똘 나신게
경해도 놋은 안 닮안 곱닥허난
넌 절대 나추룩 살지 마라

* 할망의 우영팟-할머니의 텃밭

어릴 때는 이해가 안 됐다.
엄마 아빠는 외할머니, 할머니랑 왜 저렇게 싸울까.
자기 엄마한테 말은 왜 저리 심하게 하고.
지금 내가 꼭 그러고 있다.
친정 가 보면 엄마는 꼭 밭에 앉아 있다고.
왜 저리 말을 안 듣냐고 식식대는 친구를 보니
엄마한테 전화가 하고 싶어졌다.
분명히 또 싸울 테지만.

#엄마똑땄네
#잔소리쟁이
#말좀곱게하면어디덧나나

서귀포시―다시 해 뜨는 동쪽으로

대정읍 구억리_

뽄쟁이들

수눌음하는 날은 밭이 화사하다
햇볕 가림 모자는 넓은 챙에 꽃무늬
긴 소매 남방은 색색깔 체크무늬
꽃무늬 소데 버선 방석은 빨강
부녀회장님 모자는 우친 날
허드렁 천으로 만들었다지만
다른 삼춘들 모두 장에서 샀다는데
어떵 저추룩 곱은 것이 호나도 엇고
벳만 가리민 뒈주 뽄은 일 엇다지만
잘도 곱수다 허민 와자작 웃는 것만 봐도
아멩헤도 상관엇진 않은 생이다
게므로 말 골을 제는 멩심헤사켜
혼 사름신디만 곱다 허민 큰일 나주게

* 뽄_멋

삼춘들 옷은 화려하다. 빨강 보라 꽃무늬 일색이다.
곱다 예쁘다 하면, 다 늙은 할망한테 무슨!
손사래를 치면서도 활짝 웃는다.
예쁘다는 말 한마디가 웃음을 부른다.
그 웃음에 나이는 상관이 없다.

#바람맞서
#호오이 해녀
#보라나주마하는말

서귀포시-다시 해 뜨는 동쪽으로

대정읍 보성리_

대정몽생이

야이 잘도 족다이
족아도 요망진게
어떵 이추룩 코도 족아?
족아도 바당내 보롬내 고장내 사름내
몬딱 잘 맡으난
어떵 이추룩 눈도 족아?
족아도 산이 올라간 테우리덜이영
물이 들어간 좀녜덜이영
구덕이 좀든 물애기덜이영
몬딱 잘도 돌아보고 이신게
잘도 어린 생이여
어려베도 이디 섬만이 오래 살암저
무사 이추룩 빙색이 웃엄신고
사름덜 사는 냥이 잘도 재미진 생이여
영 웃어부난 잘도 섞어진 일이영
부에난 일이영 설룬 일이영
하영 버치고 울어짐직헌 삶이 이얘기영
고치 웃당보민 몬딱 잊어짐직헌게
족아도 무시허지 말아
보롬코지이선 족아사 살주
대정몽생이는 잘도 요망진게

* 몽생이-망아지

2_174

대정 출신 사람들을 대정몽생이라 불렀다.
비하의 표현이라고도 하지만, 내겐 그저 좋은 말로 들린다.
같은 제주라 해도 지역에 따라 기후도 말도
나무, 풀, 동물, 사람의 기질도 조금씩 다르다.
돌하르방 생김새도 다 다르다.
누구는 대정 돌하르방이 못난이 인형 같다지만
내 눈에는 귀엽고 다부지기만 하다.

‡못난이인형이어때서
‡몽생이가어때서
‡제주말제줏말

세우리는 별꽃이란다

집에 들어가는 올레 어염
돌담 아래 구석진 트멍
물벅 귀퉁이 장독대 그늘에도
비 오는 날 처마 밑 보끌레기 옆에서
우영팟 옆 흘러나온 혼 줌 혹 위에서
가는 몸으로 어디서나 서 있지
검질 맬 제는 멩심허라
깜빡 톤아불 수도 이시난
게민 별을 베릴 수가 어신게
땅에서 집에 돌아가는 올레에서
돌담 아래 물벅 구석 항 굴메에서
우영팟과 올레에도 우영팟 옆 정낭 밖에도
별은 편단다
혼차 남은 집이 외로울 제
멀리 간 사름덜이 그리울 제
세우리는 가는 몸으로 별을 피워
어둔 맘을 밝히지
지난여름 돌아가기 전까지
가는 허리 휘도록 하늘 혼 번 안 보고
너를 피워낸
어멍이 보내주는 별빛이란다

* 세우리=부추
* 올레=길에서 집까지 연결된 좁은 길

먹기만 바쁜 사람들 눈에 잘 띠진 않지만
구석에서 꽃을 피우는 풀은 얼마든지 있다.
배추, 무, 고추, 부추도 다 꽃이 핀다.
한 줌 흙도 아까워했던 우리네 어머니들은
가는 부추를 구석마다 틈마다 심어 밥상을 채웠다.
어느새 피어 있는 부추꽃을 보면
보이지 않는 일에 평생을 바치는 어머니 같다.

※풀꽃
※밥상 머리
※엄마의밥상

서귀포시—다시 해 뜨는 동쪽으로

대정읍 인성리_

어멍이 난전밧디서

어멍이 난전밧드레 혼차 출근헐 제는
꼿무늬 유니폼에 자가용 자전거
질가에 고양 주차해 두고
일 시작하기 전에 믹스커피 혼 잔
혼차 허민 죽어지지 않을 건가
아방 어신 날은 호루 놀민 좋을 건데
골은다고 들을 사름이 아니주마는
다음 장날엔 라디오라도 사당 줘사켜
아방이 질색허난 집에서는 못 듣는
동백 아가씨영 여자의 일생이영
난전밧디서 지꺼지게 부르시라고

* 어멍이 난전밧디서-엄마가 먼 밭에서

길가에 홀로 있는 자전거들이 많다.
흔하게 스쳐가는 배경일 뿐, 눈길을 끌지 않는다.
하지만 화려한 꽃모자 걸치고
옆에 보온병 하나 얌전하게 놓여 있다면?
저 보온병 하나에 얼마나 많은 이야기가 담겨 있는지.

2_183

서귀포시-다시 해 뜨는 동쪽으로

안덕면 덕수리_

꽃벽

벽에도 꽃을 피우고
돌에도 꽃을 피운다
홀로 꽃을 피우는 사람들은
벽을 지을 때도
돌을 쌓을 때도
어려운 일 쉬운 일 가리지 않고
모든 일에 온 마음을 다해서 한다
홀로 하는 일에 온 마음을 다해야
자신의 몸으로 꽃을 피울 수 있다
몸으로 피우는 사람의 꽃은
꽃이 아니어도 기어이 핀다

2_186

미장공이라 불리는 이들이 있다.
집과 벽을 보기 좋게 바르는 일이
얼마큼의 애와 공을 들이는 일인지 가늠할 길이 없다.
한 귀퉁이에 조그맣게 새겨넣은 꽃을 만나면
오래 보아주고 싶은 맘은 그래서다.
구석진 데서 홀로 일하며 피운 꽃이어서다.

#미장꽃
#홀로하는일
#홀로피운꽃

서귀포시-다시 해 뜨는 동쪽으로

마실감저

양 어드레 감수과
마농지 담그젠 콥데사니 봉그레 감서
밧디 가멍 잘도 곱닥허게 촐렷수다양
곱닥허긴 무시거
영 옷도 영 고장이영 색이 닮고 모자도 고장 아니꽈
이거 나 똘이 사준 거난
잘도 착헌게마씀
이녁네는 혼디영 어디딜 감서
웃드르 마실감수다

* 마실감저-마실간다/마실가는 중이다

-> 2_296 표준어로 읽는 시

2_190

어디 가요? 마실 가요. 밥 먹었니? 응 먹었어.
꼭 궁금하지 않아도 묻는 말.
별로 할 말이 없어도 하는 말.
얼굴 보면 하는 말. 사람이 사람에게 건네는 인사.
안녕? 안녕.

#인사말
#길거리수다
#길에서마주친사람

2_191

서귀포시-다시 해 뜨는 동쪽으로

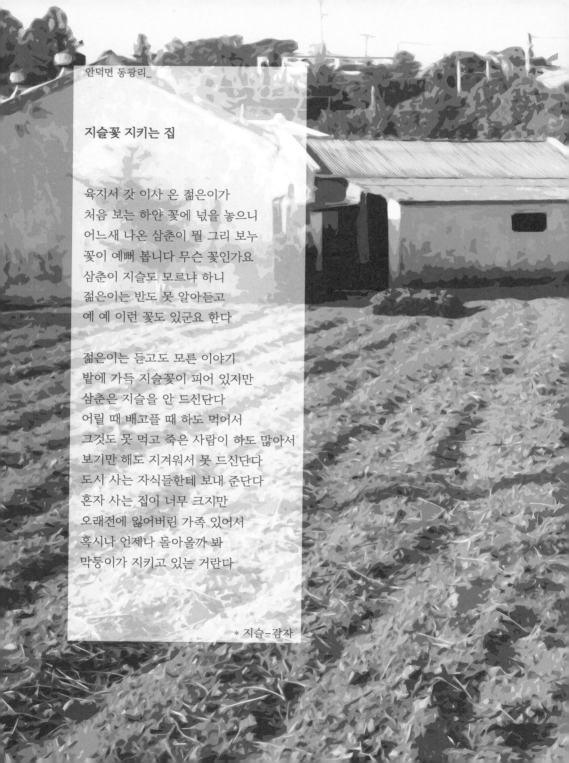

안덕면 동광리_

지슬꽃 지키는 집

육지서 갓 이사 온 젊은이가
처음 보는 하얀 꽃에 넋을 놓으니
어느새 나온 삼춘이 뭘 그리 보누
꽃이 예뻐 봅니다 무슨 꽃인가요
삼춘이 지슬도 모르냐 하니
젊은이는 반도 못 알아듣고
예 예 이런 꽃도 있군요 한다

젊은이는 듣고도 모른 이야기
밭에 가득 지슬꽃이 피어 있지만
삼춘은 지슬을 안 드신단다
어릴 때 배고플 때 하도 먹어서
그것도 못 먹고 죽은 사람이 하도 많아서
보기만 해도 지겨워서 못 드신단다
도시 사는 자식들한테 보내 준단다
혼자 사는 집이 너무 크지만
오래전에 잃어버린 가족 있어서
혹시나 언제나 돌아올까 봐
막둥이가 지키고 있는 거란다

* 지슬=감자

한 삼촌이 말했다. 국수가 너무 싫다고.
못살 때 국수만 먹어서 냄새만 맡아도 지긋지긋하다고.
힘든 삶을 살아온 사람들은
가슴에 품은 말이 하도 많아서
아픈 이야기, 자꾸만 흘러넘친다.
밥을 먹다가도, 꽃을 보다가도.

#감자꽃을보며
#싫어하는음식
#집지키기

2_194

2_195

서귀포시−다시 해 뜨는 동쪽으로

안덕면 상창리_

안개들을 조심하세요

그 동네엔 안개가 눌러살지요
살기에 딱 좋은 곳이거든요
높은 산도 가깝고 바다도 가까워요
어디에나 물기가 가득 차 있죠
온도는 밤과 낮 사이를 뛰어다니고
날씨는 계절들 위에서 날아다녀요
누구라도 지내기 좋은 곳이죠
바람도 는개도 소나기와 장마도
이곳에선 모두 잘 적응하며 살아요
이 동네엔 텃세 심한 토박이도 없구요
촌에따이 무시하는 시에따이도 없어요
육짓것도 갯것도 전부 똑같죠
하지만 한 가지만 조심하세요
가끔씩 안개들은 모임을 하는데
산과 바다의 안개들이 모두 모이면
서로 너무 반가워 헤어질 줄을 몰라요
안개들의 모임이 끝날 때까지
섬들은 기다려야 할 때가 있죠

* 촌에따이–촌에 사는 아이
  시에따이–시에 사는 아이
  육짓것–육지에서 온 사람을 낮추 부르는 말
  갯것–바닷가에 사는 사람을 낮추 부르는 말

안개가 유난히 잦은 해가 있다.
유독 비가 많은 곳, 안개가 자주 끼는 지역이 있다.
어떤 해, 어떤 동네에는 갈 때마다 비가 왔다.
그 해, 그 동네엔 늘 안개가 있었다.
그저 기다릴 뿐이었다.

#섬안개
#안개가걷힐때까지
#안개주의보

2_199

서귀포시-다시 해 뜨는 동쪽으로

농바니의 집

그 집에는 방이 세 개 문도 세 개
처음 방은 농바니가 자는 방
아이구기여 꽝이여 둑지여 등따리여 존등이여 동무릅이여
아이구 지겨워 이노무 농시질
닐은 호루 놀아사주 영 허다 뒈싸지키여
그러나 다음 날이면 해 뜨기도 전에
아이구 재게 나가사켜
오닐은 미깡낭에 칼슘제도 뿌려사 허난
저문 뒤에야 돌아와 누우며 농바니는
아이구기여 꽝이여 둑지여 등따리여 존등이여 동무릅이여
아이구 지겨워 이노무 농시질
닐은 호루 놀아사주 영 허다 뒈싸지키여

그 집에는 방이 세 개 문도 세 개
두 번째 방은 천칭만칭 하간것들 방
알락달락 콘테나엔 꼬다마 왕다마 미깡이 가득
강오 마다리엔 감저 지슬 마농 놈삐 간낭들이영
터지고 못난 울퉁불퉁 송키가 가득
쌓여있는 구덕마다 이삭 씨앗 몰류 노물 껍데기
솜반에는 골겡이 고세 소데 질빵 장화 방석
농바니는 아침마다 문을 열고
하이고 골겡이가 어드레 가신고
하이고 족은 고세는 어드레 뒈져신고
혼디 안 두난 늘량 찾아지난

아뎅헤도 고양 정리헤사켜
그러나 저녁이면 문을 열고
질빵을 풀어그네 이디다 휙
장화를 벗어그네 저디다 휙
다음 날 아침에 문을 열고
하이고 진진헌 질빵이 어드레 가신고
하이고 큰큰헌 장화는 어드레 둭져신고

농바니의 집에는 방이 세 개 문도 세 개
세 번째 문은 경운기 오토바이 드나드는 문
아침마다 열어젖히며 어게, 혼번 가봅주,
저녁마다 어게, 영허나 정허나 호루가 화살이난,
된 호루 힘내서 출발하는 집
된 호루 무사히 돌아오는 집

* 농바니-농부

오래된 시골 마을엔 재미있는 모양의 집들이 많다.
선 몇 개로 슥슥 그린 듯한 집.
칼로 뚝뚝, 이쪽저쪽 잘라낸 것 같은 집.
여기 방 하나, 저기 창고 하나, 찰흙 반죽 붙인 것처럼 생긴 집.
블록 몇 개 뚝딱 붙여 만든 장난감 같아서
살고 있는 사람 모습, 나도 모르게 상상하곤 한다.

#장난감집
#우리집에왜왔니
#그집엔누가살고있을까

2_203

서귀포시─다시 해 뜨는 동쪽으로

주의사항을 알려드립니다

지붕은 낮은 게 좋습니다 창도 낮아야 합니다
이곳에는 먼저 오신 분이 있습니다
몸을 낮춰야 합니다 바싹 엎드려야 합니다
맞서거나 싸우려 하면 절대 안 됩니다
돌담을 쌓는 게 좋겠어요 지붕에도 돌을 올려두세요
엎드리세요 기다리세요 그분이 지나갑니다
혹시 담이 무너졌나요
가끔 지붕마저 날아가나요
그분의 횡포가 견디기 힘든가요
조금 먼저 왔다 해서 너무 심한 거 같나요
힘을 합쳐 그분을 몰아낼 수만 있다면
좋은 세상이 올 것 같나요
몸을 낮춰야 합니다 잠시 쉬어야 합니다
숨을 크게 쉬세요 너무 오래 상심하진 마세요
처음 왔던 때를 떠올려 보세요
그저 모든 게 원래대로 돌아갔을 뿐이라고
시간이 조금 뒤로 돌아갔다 여기면 어때요
돌담을 쌓는 게 좋겠어요 지붕에는 돌을 올려두세요
이번에는 바람길을 좀 더 크게 내어둘까요
엎드리세요 기다리세요 바람이 오고 있습니다
주의사항입니다
바람의 섬에서 살아가려면
바람의 이야기를 들어야 합니다

섬에 사는 것들은 죄 키가 작다.
집도 밭도 담 옆에 납작납작 엎드려 있다.
돌담을 쌓아 구멍 숭숭 바람길을 만들어 두고
기다려야 한다. 바람이 지나갈 때를.
기다리면 된다. 바람이 잦아들 때까지.
함부로 덤비려 말고. 세상에 바람보다 키 큰 건 없다.

#납작지붕
#돌담
#바람길

2_207

서귀포시—다시 해 뜨는 동쪽으로

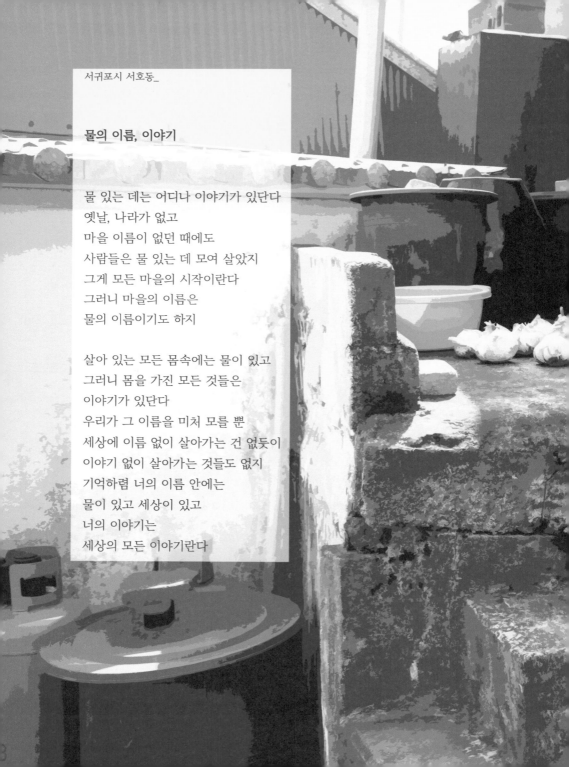

물의 이름, 이야기

물 있는 데는 어디나 이야기가 있단다
옛날, 나라가 없고
마을 이름이 없던 때에도
사람들은 물 있는 데 모여 살았지
그게 모든 마을의 시작이란다
그러니 마을의 이름은
물의 이름이기도 하지

살아 있는 모든 몸속에는 물이 있고
그러니 몸을 가진 모든 것들은
이야기가 있단다
우리가 그 이름을 미처 모를 뿐
세상에 이름 없이 살아가는 건 없듯이
이야기 없이 살아가는 것들도 없지
기억하렴 너의 이름 안에는
물이 있고 세상이 있고
너의 이야기는
세상의 모든 이야기란다

서호동에 수도기념비가 있다.
오래전, 물 나는 곳이 없어 먼 데서 길어다 먹던 주민들이
마침내 힘을 모아 수도를 설치했다.
모든 생명은 물 있는 데로 모인다. 마을의 시작은 물이다.
물에 붙은 이름은 그대로 마을 이름이 된다.
그렇게 모든 이름은 이야기가 된다.

#시작하는날
#물의이름
#너의이름너의이야기

서귀포시─다시 해 뜨는 동쪽으로

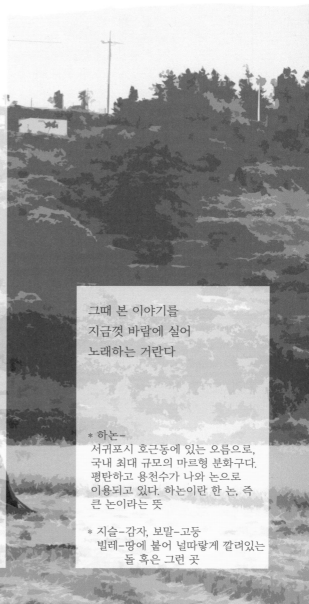

하논의 바람 소리

그런데 말예요
제주도는 화산섬이라 하던데
그러니까 산이 불을 뿜었다는데
그 구멍이 열 개에
그때 같이 솟아오른 뿔이
삼백육십 개가 넘는다는데
그때 다 시커멓게 타서
제주도 돌이 전부 까만 거라는데
그 불이 다 어디로 간 거죠?
끓어오른 바닷물이 넘쳐
불을 끈 건가요?
그때 식은 물이 고여
백록 사라 물영아리
못이 되어 남은 건가요?

불이 전부 물이 되고
산이 앉아 섬이 되니
사람들이 이 땅에서
살 수 있게 되었단다
논 지어 쌀도 심고
밭 갈아 지슬 심고
바다에선 보말 줍고 물질을 했지
빌레 위에 구르던
구멍 숭숭 검은 돌이

그때 본 이야기를
지금껏 바람에 실어
노래하는 거란다

* 하논-
서귀포시 호근동에 있는 오름으로,
국내 최대 규모의 마르형 분화구다.
평탄하고 용천수가 나와 논으로
이용되고 있다. 하논이란 한 논, 즉
큰 논이라는 뜻

* 지슬-감자, 보말-고둥
  빌레-땅에 붙어 널따랗게 깔려있는
  돌 혹은 그런 곳

제주는 화산섬이다.
돌땅에 구멍이 많고 흙과 물이 귀하다.
대부분 밭농사를 짓지만 논농사를 하는 곳도 간혹 있다.
하논 분화구는 제주에서 몇 안 되는, 벼를 수확하는 무논이다.

#탄생설화
#분화구에고인이야기
#논이되고밭이된이야기

2_215

서귀포시—다시 해 뜨는 동쪽으로

먼낭

이거 먼 낭이꽈?
낭이 낭이주
경해도 이름이 이실 거 아니꽈?
먼낭
게난, 이름마씸
이름이 먼낭이라
먼 낭 이름이 먼낭이라
게메이

이거 무슨 나무예요?
나무가 나무지
그래도 이름이 있을 거 아녜요?
먼나무
그러니까, 이름 말예요
이름이 먼나무야
무슨 나무 이름이 먼나무래
그러게 말이야

* 먼낭–먼나무

2_218

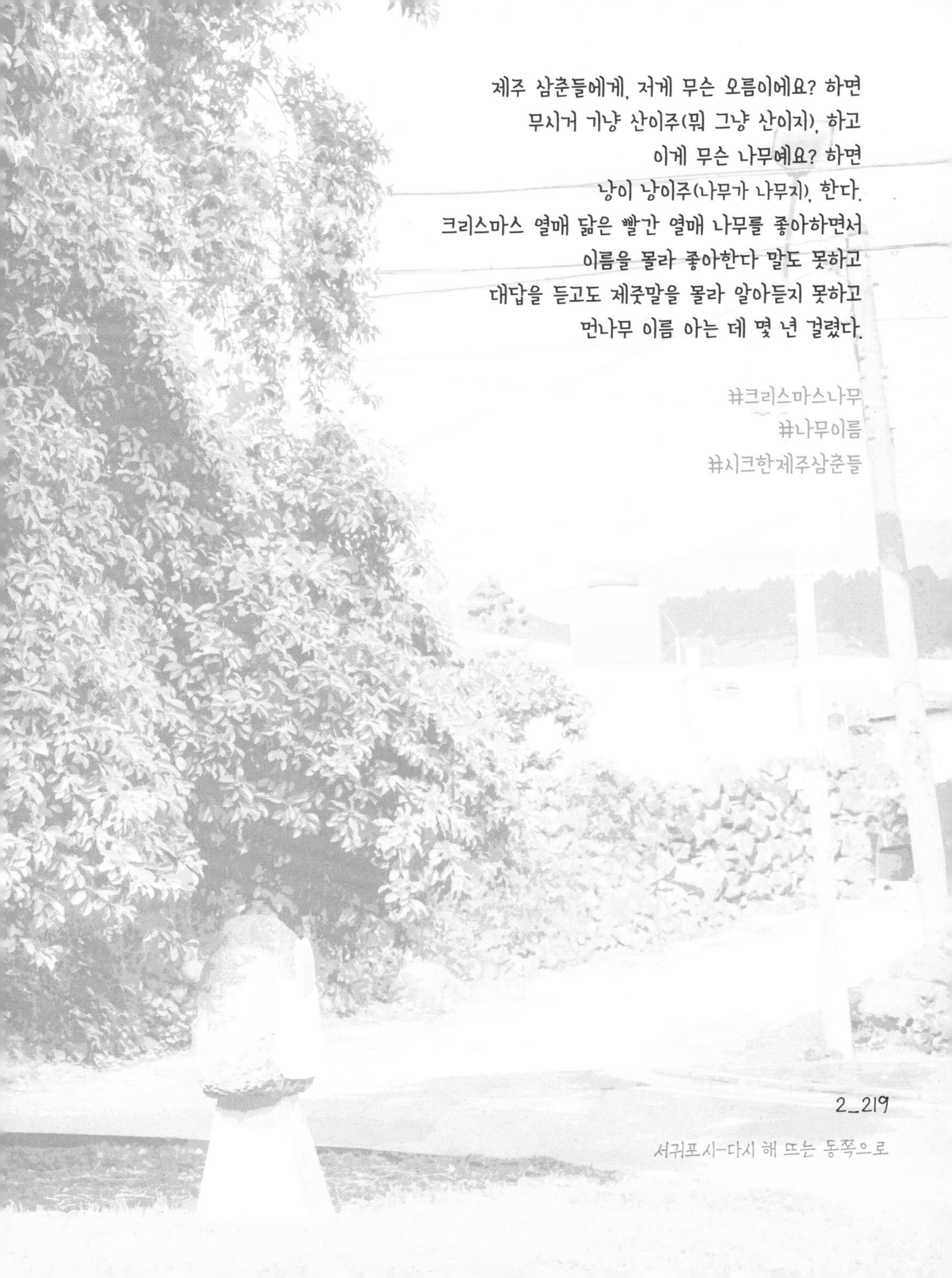

제주 삼춘들에게, 저게 무슨 오름이에요? 하면
무시거 기냥 산이주(뭐 그냥 산이지), 하고
이게 무슨 나무예요? 하면
낭이 낭이주(나무가 나무지), 한다.
크리스마스 열매 닮은 빨간 열매 나무를 좋아하면서
이름을 몰라 좋아한다 말도 못하고
대답을 듣고도 제줏말을 몰라 알아듣지 못하고
먼나무 이름 아는 데 몇 년 걸렸다.

#크리스마스나무
#나무이름
#시크한제주삼춘들

2_219

서귀포시-다시 해 뜨는 동쪽으로

서귀포시 동홍동_

오일장

제주시는 이 칠 오일장
서귀포는 사 구 오일장
표선은 이 칠 중문은 삼 팔
함덕 세화는 오 십
가파도 마라도 삼춘들은
일 육 일에 배 타고 모슬포로
동쪽 끝 우도에서 서쪽 비양도에서
사 구 일은 고성으로 한림으로
식게 맞은 삼춘은 떡 허레 가곡
식당 하는 삼춘은 칼 갈레 가곡
알동네 이사 온 육지 사름은
우영팟디 싱글 부루 세우리 모종 사젠
느영 나영은 구경이나 하곡
호떡 빙떡 사 먹젠 장에 가주

육지 사름도 오일장 갈 줄 압니다
오일장 가면 육지 것도 팝니다

도시촌년이라 오일장이 먼지 잘 몰랐다.
진짜로 오 일에 한 번 열린대서 깜짝 놀랐다.
그럼 장사하는 사람들은 사 일 동안 뭐 해? 그랬다.
섬사람한테 육지사람이란 말 듣고 깜짝 놀랐다.
섬은 섬이니까, 섬 아닌 땅은 육지, 맞네.
오일장 가니 섬 것, 육지 것 다 있다.

※장날
※배추는 육지배추가 많다고.
※무는 역시제주놈삐.

2_222

서귀포시-다시 해 뜨는 동쪽으로

매일 풍경

매일 아침 풍경
밝아오는 창가
반짝하고 사라지는 이슬
먹이를 찾는 새
낯을 씻는 고양이
운동화 끈을 묶는 아이
가게 앞을 쓰는 삼춘
가방을 메고 걷는 사람
차를 기다리는 사람
아침 인사하는 사람들

매일 할 일
하늘 올려다보기
찬 공기 마시기, 깊이 숨쉬기
새소리에 귀 기울이기
거울 보고 눈 마주치기
먼 걸음에 대비하기
바닥에 떨어지는 것들 살피기
꼭 필요한 것만 챙기기
조급해하지 않기
인사하기, 감사의 말 건네기

매일 보는 풍경
매일 하는 일
매일을 만드는
매일의 풍경

매일 보는 풍경과 너무 흔한 풍경.
매일 하는 일과 아무렇지 않은 일.
우리의 하루는 이런 것들로 이루어져 있다.
하나하나가 하루를 만드는 소중한 것들이지만
너무 작고 흔해서 위험하다. 꼭 해야 할 일을 잊는다.
순간에 집중하기, 소중함을 바라보기, 흔함을 누리기.

#평범한풍경
#같은일상
#흔한소중함

서귀포시—다시 해 뜨는 동쪽으로

귤꽃

귤은 과일인 줄만 알았더니
어느새 꽃이 와자작 폈다
어린이날 어버이날 부처님 오신 날
초등학교 운동회 마을 행사 경로잔치
소풍 많은 봄날에 회관 마당 운동장에
새콤달콤 귤꽃향이 따라다닌다
지난겨울 먹었던 귤 냄새가
어느새 추억이 된 걸 이제야 안다

봄볕에 귤꽃향이 흔하기도 하더니
어느새 와자작 떨어지는 생이다
짧은 날이 서운타 한 번 더 보니
꽃 있던 자리에 콩알만 한 귤
삐죽이 목을 뻗어 해를 받는다
서운타 어제만 계속 돌아봤더니
어느새 맺혀 있는 내일을 보고
귤도 꽃이었음을 이제야 안다
떨어지고 스러지는 모든 것들이
내일을 피워내는 꽃이었음을

* 생이다-모양이다

글도 꽃이 핀다. 꽃이 져야 귤이라는 열매가 맺힌다.
귤꽃이 너무 작고 하얗기만 해서, 피었나 싶으면 져버려서
화려한 빛깔 새콤달콤 맛난 귤에 밀려서
작고 눈에 띄지 않는 꽃을 자꾸 잊는다.
보이지 않는 것들은 금세 잊힌다.
시간과 기억이 그렇다.

#꽃이피고지듯
#계절이어느새
#어제처럼내일도

서귀포시-다시 해 뜨는 동쪽으로

남원읍 하례리_

산담

우리 할망 집은
할락산 잘도 보이는 비탈에
벳도 잘 들고
곱닥헌 꽃이 내낭 피어 있어요
밧 소곱이 이시난
미깡 타다 버치민 담에 기대 쉬기도 하고
참도 먹고
할망 나 와수다 이얘기도 하지요
우리 어멍이 골아신디
옛날엔 잘도 못살아서
할망은 집 혼 채 못 지어 보고
곤밥 혼번 배불리 못 먹었대요
할망은 어멍신드레
식게도 올리지 마라 헤신디
어멍은 제일 좋은 집 지으켄
아방이영 매날 돌을 날랐대요
미깡 타다 참 먹을 젠
우선으로 할망신디
곤밥 한 고봉 퍼 드리고
양, 하영 드십서, 하지요
나는 이제 할망 얼굴이
잘 기억이 안 나는데
어른들 말이 우리 어멍 얼굴 보민
할망이영 이신 거 닮대요

* 산담-무덤을 둘러싼 담

제주에 처음 온 사람들은
무덤이 여기저기 아무 데나 있어 놀란다.
밭 가운데, 길가, 오름 꼭대기, 집 마당에도 무덤이 있다.
산 사람과 죽은 사람의 집이 멀리 있지 않다.
어쩌면 우리네 삶의 이야기는
죽은 이들의 이야기인지도 모른다.
무덤에 핀 꽃처럼.

#밭담속산담
#죽은이의집
#무덤에핀꽃

2_235

서귀포시-다시 해 뜨는 동쪽으로

남원읍 신례리_

대화

어디 감수광?
잔치 먹으레 감수다
누게 잔치꽈?
아시가 똘 폴멘마씸

왐시냐
젖어부난 밧디 안 갓구나이
어게 꽝 쑤섬저
탕에 가고 침 맞앙 왐서

잘도 오랜만이우다양
무사 요지금 안 베려졈수과?
허운데기 질어사 오주
나 먹으난 털도 안 자라는 생이여

삼춘 이거 드십서
무시거?
언치냑 식게 먹은 퇴물마씸
칼 혼번 만져 보민 안 뒈마씸?
안 뒌다게 수염이나 나민 오라게

영화나 소설에 이발소를 배경으로 하는 장면이 많다.
그만큼, 머리하는 곳은 우리 생활과 가까운 장소다.
작은 동네 작은 가게일수록 사람들 사이는 더 가깝다.
이웃의 소식을 듣고 이야기를 나누는 장소가 된다.

#이발소
#사랑방
#동네사람들

2_239

서귀포시-다시 해 뜨는 동쪽으로

남원읍 한남리_

다라이에 담긴 안녕

비 그친 아침에는
빨래를 해야지
문질러도 문질러도 지워지지 않던
어제의 얼룩들을
밤새 받은 눈물에 헹궈
햇볕에 바래도록 말려야지

햇살 쨍한 아침에는
빨래를 말려야지
언제 들었는지 모르게 진
구석진 몸의 상처 보라색 멍들이
우미처럼 투명하게 마를 때까지
담 위에 잘 펴서 널어 두어야지

오래된 습기 곰팡이 낀 말들이
헹궈도 헹궈도 맑아지지 않으면
오랜 비 그친 날 햇살 쨍한 아침에
밤새 다라이에 가득 고인 아침에
안녕을 흠뻑 담갔다가 헹궈야지
다라이에 담긴 아침에는
안녕을 빨아 널어야지

* 우미-우뭇가사리

섬은 특히 물이 귀하다.
지붕 아래, 마당 한쪽에 다라이를 놓아
빗물받이를 한다.
받아놓은 빗물로 빨래를 한다.
어제 내린 비가 오늘,
묵은 때를 헹구어내는 물이 된다.

#빗물받이
#다라이
#빨래만같았으면

서귀포시–다시 해 뜨는 동쪽으로

남원읍 수망리_

꽃 찾으러 왔단다

우리 동네 왜 왔니
꽃 찾으러 왔지
무슨 꽃을 찾으러 왔니
이 동네서 제일 예쁜 꽃
그 꽃 찾아 무엇 하게
우리 어멍 갖다 드리지

누가 제일 예쁘니
빨간 돔박이 제일 예쁘지
떨어진 꽃이 제일 예쁘지
쭈그렁 호박이 제일 예쁘지
쭈그렁 얼굴로 쭈그렁 웃던
우리 어멍이 제일 예쁘지

우리 동네 왜 왔니
꽃 찾으러 왔지
무슨 꽃을 찾으러 왔니
우리 어멍꽃 찾으러 왔지
그 꽃 어디에 있니
고향집 돌담 밑에 피어 있지

* 어멍-엄마, 돔박-동백

꽃이 필 때가 되면 떠오르는 곳,
꽃과 함께 떠오르는 사람이 있다.
태어나 처음 본 수선화를 몰라봤던 그 섬.
호박더러 못났다 하지 말라던 외할머니.
그 꽃 필 무렵이 되면
꼭 찾아가야 할 것 같은 고향집.

꽃동네꽃피는동네
고향박꽃이여래서
하고향노래꽃노래

2_247

서귀포시-다시 해 뜨는 동쪽으로

남원읍 의귀리_

보롬 아래

낭들이 바닥에 다 누운 걸 보니
간밤에 큰비가 왔었나 보다
꺾어지고 데와진 가지를 보고
사다리를 걸치고 톱을 들고 올라가
아방이 마저 잘라 떨어뜨린다
수척해진 낭의 얼굴이 서운하지만
보롬 아래 집을 짓고 살아가려면
몸뎅이 하나로도 벅찰 때 있지
움켜쥔 것들을 놓지 않으려
아등바등 애써 봐야 쓸데없는 일
손으로 보롬을 잡을 수도 없잖니

오늘은 날씨가 맑으려나
섬 날씨는 오늘 날씨 오늘도 몰라
맑거나 어쩌면 비가 오겠지
보롬이 불거나 안 불거나
큰비 지나갔으니 겨울 올 테지
아무 상관 없이 날씨는 바뀌고
신경쓰지 않아도 계절은 지나가
보롬 아래 집을 짓고 살아갈 때는
살아지는 대로 살아가면 돼
싫어도 보롬을 잡을 수는 없으니까

* 보롬-바람, 낭-나무, 아방-아빠/남편
  데와진-반대쪽으로 비비 꼬인

2_250

바람아래는 태안에 있는 해수욕장 이름이다.
의미나 유래 같은 건 모르지만, 이 예쁜 이름을 들은 후로
어딜 가나 '바람아래'를 붙여 보곤 한다.
바람아래 동네, 바람아래 집, 바람아래 나무, 바람아래 풀…
우리는 모두 바람아래 살아가는 삶이니까.

＃바람아래
＃태풍이 지난 후
＃바람과 함께 살아가기

서귀포시–다시 해 뜨는 동쪽으로

남원읍 신흥리_

돔박생이

동세벡 돔박고지에 드니
생이들이 소란스럽다
해도 안 뜬 아침부터 뭘 의논하는지
숲에 든 발소리를 경계하는지

지난밤 한 보롬에 떨어진 열매들을
고사리 앞치마에 가득 담아 돌아온다
마른 열매를 더 바싹 말리고
단단한 씨앗을 더 세게 눌러야
돔박은 몇 방울의 기름이 된다

돔박낭에는 전설이 있어
피 흘리며 죽은 아방 낭이 되어 자라니
아들들은 돔박생이가 되어 돌아왔다지
낭썹 닮은 초록 날개 날갯짓으로
아들들이 꼿을 도와 열매를 맺지
돔박씨는 가족의 선물이란다

* 돔박생이-동박새, 동세벡-꼭두새벽
  돔박고지-동백숲, 한 보롬-큰 바람
  고사리 앞치마-큰 주머니가 달린 앞치마
  아방-아버지, 낭썹-나뭇잎, 꼿-꽃

동백꽃은 향이 없다.
겨울에 피어, 부를 벌 나비도 없으니
동박새의 도움이 없다면 열매를 맺을 수 없다.
꽃과 새의 관계가 사람 눈에 애틋했나 보다.
구구절절 전해오는 설화에 동백숲은 늘 소란하다.
모아놓은 열매마저 와글와글 정겹다.

#동백숲새소리
#전설따라ㅣ ㅣ라
#꽃과새는무슨사이

2_255

서귀포시―다시 해 뜨는 동쪽으로

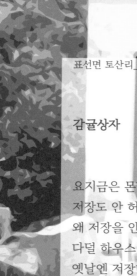

감귤상자

요지금은 몬딱 푸라스틱 콘테나주
저장도 안 허난 낭도 필요 어신게
왜 저장을 안 하나요
다덜 하우스 허난
옛날엔 저장미깡도 폴앗주마는
다른 맛존 과일이 하난 저장은 이제 안 폴린다게
미깡농시도 하 줄엇주
이디도 나 말고는 거반 다 떠신게

쓰젠 허민 앗아가라 경 안 해도 데껴불젠 헤신디
나 아방이 이실 제 멩근 거라
요지금이난 낭 멩그는 사름도 어서
어떵 잘도 알앙 왐처
게난 무신거에 쓰젠 앗앙가멘?

그게요 삼춘
저는 귤상자만 보면 레고가 생각나거든요
레고가 무시거?
조그만 플라스틱으로 된 블록인데
쌓아서 집 만드는 장난감이오
호끌락헌 푸라스틱 보로꾸 닮은 방뒤이?
네, 어릴 때 그게 너무 갖고 싶었는데
상자에 빨강 노랑 칠해서
커다란 레고 한번 만들어 보려구요

게난, 그걸로다 집 데밀 거?
예게
것도 좋주!
기지양?

도시촌년 눈에는 모든 게 신기하고 재미나다.
쌓아놓은 귤상자만 봐도 그렇게 좋다.
싱글거리며 사진도 찍고 하면 삼춘들은 어이없어 하면서도
귀찮은 듯 무심한 듯 뻘소리를 잘도 받아주신다.

소리
제주삼춘

2_259

서귀포시─다시 해 뜨는 동쪽으로

기억

막다른 담벼락에서 마주친 얼굴
과거는 남겨지는 것이 아니라
다음 모퉁이에서 기다리고 있는 것임을

그럴 때 있잖나.
분명 와 본 적 없는데
아무래도 처음 온 것 같지 않은 동네.
처음 보는 집, 처음 보는 길인데
오래전부터 알고 있던 것 같은 풍경.
그건 어느 기억 속에 있던 시간일까.
시간은 원을 그리는 길인지도 모르겠다.

#기시감
#낯익은낯선동네
#흐릿한기억속의풍경

2_263

서귀포시-다시 해 뜨는 동쪽으로

옛날 옛적 탐라국에

있잖니, 어느 행성의 어떤 나라에는 이야기라는 게 있었대

그건 규칙에 따라 거짓말을 하는 정교한 극이야. 하지만 말을 하는 사람도 듣는
사람도 가짜라는 걸 알 수 없는 이상한 극이지. 처음은 늘 이렇게 시작해. 옛날 옛적
먼 옛날에-

그다음에 오는 말은 다 다르고 모두 비슷해. 달에 토끼가 산다는, 울지 않으면
선물을 받는다는, 진짜로 믿기만 하면 하늘을 날 수도 있다는, 간절히 빌면
하늘에서 동아줄을 내려 준다는, 착한 사람은 복을 받는다는… 거짓말

하지만 그 나라엔 거짓말이 없었대. 누구든지 진심을 말하면 모두 이루어졌다고
하니까

그런 일은 없겠지만, 혹시나 만에 하나- 그 나라를 찾을 수 있다면 말야

사람 사람들이 등을 맞대고 앉아 나누는 이야기를 들어보고 싶어

그리고 들려줄게. 옛날 옛적 먼 옛날에-

2_266

시골 뒷산이나 언덕, 조금 높은 데서 마을을 보면
지붕과 지붕이 이마를 맞댄 풍경이 정겹다.
사람과 사람이 몸을 맞대고 옹기종기 앉은 밤처럼
옛날이야기 두런두런 들려올 것만 같다.

#동산에오르면
#지붕들의모임
#옛날옛적먼옛날에

서귀포시-다시 해 뜨는 동쪽으로

성산읍 신풍리_

고장, 피엇수다

돌담을 보았습니다
높지도 않은 돌무더기에
온 마을이 기대어 살았습니다
보리 심고 밥해 먹고 소도 키우고
돌담 아래 모여서 잠이 들었습니다
큰바람이 지나면 담은 무너집니다
사람들은 먼 마을로 잠시 내려갑니다
아무도 없는 밭을 베케가 돌봅니다

돌담을 따라갑니다
길도 없는 들판에서 담을 만나면
돌을 따라 나란하게 걸어갑니다
인적이 없어도 돌은 따뜻합니다
길을 잃은 바람이라도 괜찮습니다
숨을 데 없는 정오의 태양이
식물의 머리채를 잡아늘일 때
돌들은 숨죽여 잠시 기다립니다
사람도 잠시 멈춰 바라봅니다
기대앉은 돌 밑에 바람을 묻고
꽃,
피었습니다

* 고장, 피엇수다−꽃, 피었습니다
　베케−돌무더기

어디든 돌무더기가 있다면 사람이 있던 흔적이다.
산속의 돌탑과 산담, 잣성과 머들.
잃어버린 마을, 사람이 살던 자리에 남아 있는 돌담들.
인적 없는 곳의 돌담과 기대어 핀 꽃들이 애틋한 건
사람의 온기가 아직 머물고 있어서일까.

#돌담의흔적
#갯무꽃필때
#사람의온기

* 잣성-목장 경계용 돌담, 머들-돌무더기
  잃어버린 마을-4·3 때 마을 전체가 불에 태워진 후 복구되지 않고 폐허로 남거나
                훗날 농경지로 바뀐 마을

서귀포시-다시 해 뜨는 동쪽으로

성산읍 삼달리_

귀가

집으로 가는 건 길이 아냐
올레길도 아냐 그냥 올레지
길은 이어지지 않으면 끝이 나는 것
그러나 막다른 곳이 집이라면
그건 끝이 아냐
어떤 집도 끝이 될 수는 없으니까
그러니까 그건 길이 아냐
집으로 가는 건 그냥 올레야
올레에 들어서면 집에 다 온 거야
그러니 잘 기억해 두렴
세월이 지난다 해도
너무 늦었다 해도
아무도 살지 않고
혹여 집이 사라진대도
올레만 찾아 돌아오면
집에 도착한 거야

제주에서는 올레가, 도시에서는 골목이
점점 사라지고 있다.
골목집에 살 땐 좁은 길로 접어만 들어도
집에 다 온 기분이었다.
주차장과 아파트 복도에서는 느낄 수 없는 안도감이다.
귀갓길의 기분마저 골목과 함께 사라지는 것 같아
그때가 그립기도 하다.

#골목
#집으로돌아가는기쁨

서귀포시—다시 해 뜨는 동쪽으로

성산읍 난산리_

생이밥

꼭대기 이신 건 생이밥이라
낮은 디 손 닿는 디만 타 먹곡
우에 이신 건 생이 먹으렌 넹겨두는 거
딱 혼 개만 먹구정 허멘
맛좋은 건 생이덜이 젤로 먼저 파먹으난
이제껏 넹겨진 건 몬딱 쪼락진 거라
경해도 딱 혼 개만
하이고 야이도 막 벨라졈시!
야단야단하는 삼춘 얼굴엔 웃음이 자락자락
팔매질하는 아이 얼굴도 잘도 빙삭빙삭

* 생이-새

아이가 감을 꼭 먹고 싶어서 따자고 조르진 않았을 거다.
아이들은 피자 라면을 더 좋아하는 법이니까.
삼춘도 따 봐야 못 먹을 줄 알았을 테지만
아이구 목이야, 어깨야, 팔이야 하면서도
연신 웃으며 장대질을 했다.

#못먹는감
#감떨어질때
#새들한테양보하자고했나

서귀포시─다시 해 뜨는 동쪽으로

성산읍 수산리_

미깡 먹을타?

삼춘 어떵 낭을 질바닥이다 심어수과?
하이고 밧 이신 디 질이 난 거주
경허민 너븐 디로 가시주
있던 디가 좋다게
사름덜 영 돌아댕기난 궂지 않우꽈?
무사! 질이 나꺼 너꺼 이시냐?

이만이 나 땅 이디만이 나 집
담 답고 문 걸어 못 들어오게
개 키우고 시시티비 몰래 못 오게
담 앞에서 흘금흘금 굴밧이 참 이뻐서요 좀 봐도 될까요
걸어가며 주뼛주뼛 여기로 좀 지나가도 될까요

삼춘, 웃는다. 무사 물어보멘 질이 나꺼 너꺼 이시냐
질바닥이 앚앙 타민 어떵. 잘만 펜헌게
밧 이신 디 질이 난 거라 어떵 안 호다게
살던 디가 젤이라
궂기는 무시거 이 나에 베릴 눈치도 어서부난
이추룩만 살당 돌아가민 뒐 거
못도 안 허다게 다 살아진다게
미깡 먹을타?

* 미깡 먹을타? -귤 먹을래?

→ 2_310 표준어로 읽는 시

아스팔트, 시멘트 포장길은
집이나 밭보다 나중에 난 데가 많다.
아무나 따 먹으라고 길가에 귤을 심은 게 아니다.
길에 앉은 모습이 아무래도 불편해 뵈는데
정작 삼촌은 아무렇지도 않다.
몇 마디 주고받다 에라, 같이 앉아
넙죽넙죽 귤을 받아먹으며 말벗을 했다.

#길은임자가없어도
#밭은임자가있어요
#말벗

2_283

서귀포시-다시 해 뜨는 동쪽으로

2-1.
표준어로 읽는 시

대정읍 신평리_

할머니의 텃밭

난 절대 엄마처럼 안 살 거야
엄마는 맨날 그랬단다
그러면 할머니는 엄마한테
꼭 너 닮은 딸 낳을 거다
그렇게 모녀가 싸웠단다
할머니 집에 가면 엄마는
이거 좀 버려요 저것도 좀 버려요
뭐 하러 꽁꽁 쟁여놔요 죽으면 필요 없는데
갈 때 싸갖고 갈 거예요 제발 말 좀 들어요
무슨 말이 그러냐고 내가 암만 말려도
만나기만 하면 둘은 싸움만 했다

엄마 왜 이렇게 전화를 안 받아
그럼 그렇지 밭일 좀 그만하라니까
맨날 뼈마디 쑤신다며 그냥 사 먹어
옷은 또 왜 그거 입었어 버리라니까
전에 내가 사다 준 거 어디다 뒀어
나 김치 안 먹어 싸 줄 생각 하지 마
아 진짜 할머니랑 똑같다니까

그러냐 내가 니 할머니 닮았냐
하긴 딸한테 잔소리 들으니 할머니 맞지
근데 얘야 이렇게 앉아 텃밭의 잡초만 보면
그렇게 니 할머니 생각만 난다

이렇게 가만있어도 힘드니 잡초나 매야지 고질병이라니까
하여튼 우리 엄마가 귀신이지
어른들 하는 말 틀린 거 하나 없다더니
엄마 말대로 똑 닮은 딸 낳았네
그래도 얼굴은 안 닮아 예쁘잖니
넌 절대 나처럼 살지 마라

멋쟁이들

품앗이하는 날은 밭이 화사하다
햇볕 가림 모자는 넓은 챙에 꽃무늬
긴 소매 남방은 색색깔 체크무늬
꽃무늬 토시 버선 작업방석은 빨강
부녀회장님 모자는 비 오는 날
허드렛천으로 만들었다지만
다른 삼촌들 모두 장에서 샀다는데
어쩜 저렇게 같은 게 하나도 없고
볕만 가리면 되지 모양새는 상관없다지만
너무 예뻐요 하면 활짝 웃는 것만 봐도
암만해도 상관없진 않은가 보다
그러니 말할 때는 조심해야 해
한 명한테만 곱다 하면 큰일이 나지

2_288

대정망아지

얘는 너무 작아
작아도 야무진걸
어쩜 이렇게 코도 작아?
작아도 바다냄새 바람냄새 꽃냄새 사람냄새
다 잘 맡는걸
어쩜 이렇게 눈도 작아?
작아도 산에 올라간 목동들이랑
물에 들어간 해녀들이랑
요람에 잠든 갓난아기들이랑
모두 잘 살펴보고 있는걸
되게 어린가 보네
어려 뵈도 이 섬만큼 오래 살았지
왜 이리 방긋 웃고 있나
사람들 사는 모습이 아주 재미있나 봐
이렇게 웃으니 참도 혼란한 일
화나는 일 서러운 일
너무 버겁고 울고 싶은 살아가는 이야기도
같이 웃다보면 모두 잊어버릴 것 같네
작다고 무시하면 안 돼
바람 많은 곳에선 작게 살거든
대정망아지는 참 야무지지

표준어로 읽는 시_서귀포시

대정읍 안성리_

부추는 별꽃이란다

집에 들어가는 올레 가장자리
돌담 아래 구석진 틈
물부엌 귀퉁이 장독대 그늘에도
비 오는 날 처마 밑 물거품 옆에서
텃밭 옆 흘러나온 한 줌 흙 위에서
가는 몸으로 어디서나 서 있지
잡초 뽑을 때는 조심하렴
모르고 뽑아버릴 수도 있으니
그러면 별을 볼 수 없거든
땅에서 집에 돌아가는 올레에서
돌담 아래 물부엌 구석 독 그림자에서
텃밭과 올레에도 텃밭 옆 정낭 밖에도
별은 핀단다
혼자 남은 집이 외로울 때
멀리 간 사람들이 그리울 때
부추는 가는 몸으로 별을 피워
어둔 맘을 밝히지
지난여름 돌아가기 전까지
가는 허리 휘도록 하늘 한 번 안 보고
너를 피워낸
엄마가 보내주는 별빛이란다

2_292

표준어로 읽는 시_서귀포시

엄마가 먼 밭에서

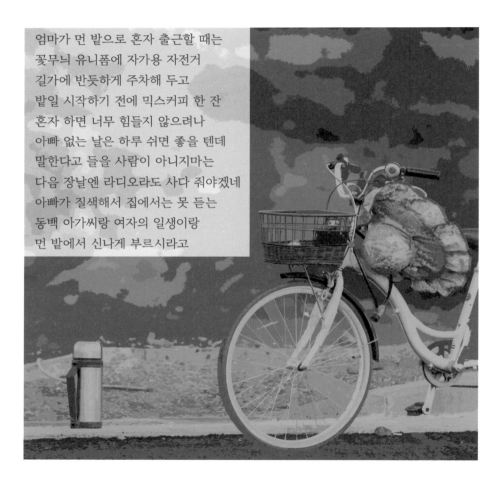

엄마가 먼 밭으로 혼자 출근할 때는
꽃무늬 유니폼에 자가용 자전거
길가에 반듯하게 주차해 두고
밭일 시작하기 전에 믹스커피 한 잔
혼자 하면 너무 힘들지 않으려나
아빠 없는 날은 하루 쉬면 좋을 텐데
말한다고 들을 사람이 아니지마는
다음 장날엔 라디오라도 사다 줘야겠네
아빠가 질색해서 집에서는 못 듣는
동백 아가씨랑 여자의 일생이랑
먼 밭에서 신나게 부르시라고

표준어로 읽는 시_서귀포시

마실간다

어르신 어디 가세요
마늘장아찌 담그려고 풋마늘대 뽑으러 가지
밭에 가는데 아주 예쁘게 입으셨네요
예쁘긴 무슨
이렇게 옷도 이 꽃이랑 색이 똑같고 모자도 꽃무늬잖아요
이거 우리 딸이 사준 거야
착하기도 하네요
자네들은 같이 어디들 가나?
윗동네 마실가요

서귀포시 색달동_

농부의 집

그 집에는 방이 세 개 문도 세 개
처음 방은 농부가 자는 방
아이구아파 뼈마디야 어깨야 등이야 허리야 무릎이야
아이구 지겨워 이놈의 농사일
내일은 하루 쉬어야지 이러다 골병 나 죽겠네
그러나 다음 날이면 해 뜨기도 전에
아이구 얼른 나가야지
오늘은 귤나무에 칼슘제도 뿌려야 하니
저문 뒤에야 돌아와 누우며 농부는
아이구아파 뼈마디야 어깨야 등이야 허리야 무릎이야
아이구 지겨워 이놈의 농사일
내일은 하루 쉬어야지 이러다 골병 나 죽겠네

그 집에는 방이 세 개 문도 세 개
두 번째 방은 오만가지 물건들의 방
알록달록 작물 상자엔 작은 알 큰 알 감귤이 가득
바구니 자루엔 고구마 감자 마늘 무 양배추들에다
터지고 못난 울퉁불퉁 채소가 가득
쌓여있는 구덕마다 이삭 씨앗 말린 나물 껍데기
선반에는 호미 가위 토시 질빵 장화 작업방석
농부는 아침마다 문을 열고
하이고 호미가 어디 갔나
하이고 작은 가위는 어디 됐나
한데 안 두니까 늘 찾게 되니

아무래도 차곡차곡 정리해야겠네
그러나 저녁이면 문을 열고
질빵을 풀어 여기다 휙
장화를 벗어 저기다 휙
다음 날 아침에 문을 열고
하이고 긴 질빵이 어디 갔나
하이고 큰 장화는 어디 됐나

농부의 집에는 방이 세 개 문도 세 개
세 번째 문은 경운기 오토바이 드나드는 문
아침마다 열어젖히며 그래, 한번 가보자,
저녁마다 그래, 이러나저러나 하루가 금방 가니까,
된 하루 힘내서 출발하는 집
된 하루 무사히 돌아오는 집

2_299

서귀포시 동홍동_

오일장

제주시는 이 칠 오일장
서귀포는 사 구 오일장
표선은 이 칠 중문은 삼 팔
함덕 세화는 오 십
가파도 마라도 삼촌들은
일 육 일에 배 타고 모슬포로
동쪽 끝 우도에서 서쪽 비양도에서
사 구 일은 한림으로 고성으로
제사 맞은 삼촌은 떡 하러 가고
식당 하는 삼촌은 칼 갈러 가고
아랫동네 이사 온 육지 사람은
텃밭에 심을 상추 부추 모종 사려고
너랑 나랑은 구경이나 하고
호떡 빙떡 사 먹으러 장에 가지

육지 사람도 오일장 갈 줄 압니다
오일장 가면 육지 것도 팝니다

표준어로 읽는 시_서귀포시

남원읍 하례리_

산담

우리 할머니 집은
한라산 잘 보이는 비탈에
볕도 잘 들고
고운 꽃이 늘 피어 있어요
밭 가운데 있어서
귤 따다 힘들면 담에 기대 쉬기도 하고
참도 먹고
할머니 저 왔어요 이야기도 하지요
우리 엄마가 그러는데
옛날엔 너무 못살아서
할머니는 집 한 채 못 지어 보고
흰쌀밥 한번 배불리 못 먹었대요
할머니는 엄마한테
제사도 올리지 말라 했는데
엄마는 제일 좋은 집 지으려고
아빠랑 매일 돌을 날랐대요
귤 따다 참 먹을 땐
제일 먼저 할머니한테
쌀밥 한가득 퍼 드리고
어머니, 많이 드세요, 하지요
나는 이제 할머니 얼굴이
잘 기억이 안 나는데
어른들 말이 우리 엄마 얼굴 보면
할머니랑 있는 것 같대요

표준어로 읽는 시_서귀포시

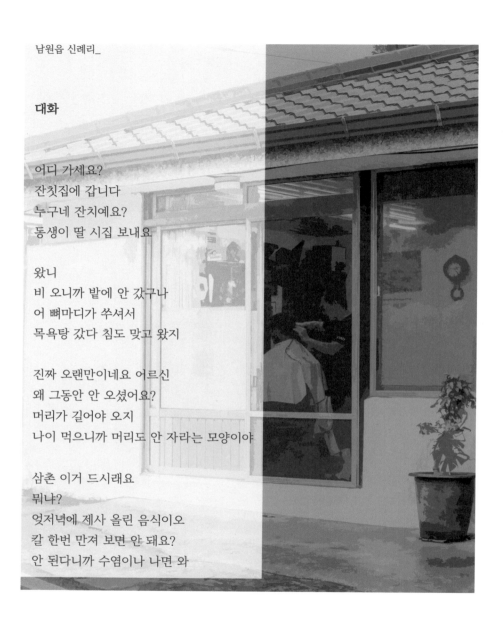

남원읍 신례리_

대화

어디 가세요?
잔칫집에 갑니다
누구네 잔치예요?
동생이 딸 시집 보내요

왔니
비 오니까 밭에 안 갔구나
어 뼈마디가 쑤셔서
목욕탕 갔다 침도 맞고 왔지

진짜 오랜만이네요 어르신
왜 그동안 안 오셨어요?
머리가 길어야 오지
나이 먹으니까 머리도 안 자라는 모양이야

삼촌 이거 드시래요
뭐냐?
엊저녁에 제사 올린 음식이오
칼 한번 만져 보면 안 돼요?
안 된다니까 수염이나 나면 와

2_304

표준어로 읽는 시_서귀포시

표선면 토산리_

감귤상자

요즘은 다 플라스틱 작물 상자지
저장도 안 하니까 나무상자도 필요 없어
왜 저장을 안 하나요
다들 하우스 하니까
옛날엔 저장밀감도 팔았지만
다른 맛있는 과일이 많으니까 저장과일은 이제 먹지도 않아
밀감농사도 많이 줄었지
이 동네도 나 말고는 거의 다 떠났어

쓰려면 갖고 가라 안 그래도 버릴까 하던 참인데
우리 아버지가 살아계실 때 만든 거야
요즘은 나무상자 만드는 사람도 없어
어떻게 잘 알고 왔네
그런데 뭐에 쓰려고 가져가나?

그게요 삼촌
저는 귤상자만 보면 레고가 생각나거든요
레고가 뭐냐?
조그만 플라스틱으로 된 블록인데
쌓아서 집 만드는 장난감이오
작은 플라스틱 벽돌 모양 장난감이라구?
네. 어릴 때 그게 너무 갖고 싶었는데
상자에 빨강 노랑 칠해서
커다란 레고 한번 만들어 보려구요

그러면, 그걸로 집 만들게?
네
것도 좋네!
그죠?

까치밥

꼭대기에 있는 건 까치밥이야
낮은 데 손 닿는 데만 따 먹고
위에 있는 건 새 먹으라고 남겨두는 거야
딱 한 개만 먹을 건데
맛있는 건 새들이 제일 먼저 파먹으니까
이때껏 남아 있는 건 다 떫은 거야
그래도 딱 한 개만
하이고 얘도 진짜 별나기도!
야단야단하는 삼촌 얼굴엔 웃음이 주렁주렁
팔매질하는 아이 얼굴도 몹시 방글방글

→ 2_276 제주어로 읽는 시

표준어로 읽는 시_서귀포시

귤 먹을래?

삼촌 어쩌다 나무를 길가에 심으셨어요?
하이고 밭 있는 데 길이 난 거지
그러면 넓은 데로 옮겨가시지
있던 데가 좋아
사람들 이렇게 지나다니니까 불편하지 않으세요?
어때! 길이 내 거 니 거 있냐?

이만큼 내 땅 여기까지 내 집
담 쌓고 문 잠가 못 들어오게
개 키우고 시시티비 몰래 못 오게
담 앞에서 흘금흘금 귤밭이 참 이뻐서요 좀 봐도 될까요
걸어가며 주뼛주뼛 여기로 좀 지나가도 될까요

삼촌, 웃는다. 뭘 물어 길이 내 거 니 거 있냐?
길바닥에 앉아 따면 어때. 편하기만 한데
밭 있는 데 길이 난 거야 괜찮고말고
살던 데가 제일 좋아
불편하긴 뭘 이 나이에 볼 눈치도 없는데
이렇게만 살다 가면 되어
괜찮고말고 다 살아진다
귤 먹을래?

표준어로 읽는 시_서귀포시

제주는 할망의 섬이다. 할망은 이야기를 들려주는 존재이고,
그 이야기들은 모두 '옛날 옛적에'로 시작한다. 옛날 옛적에, 어머니의 어머니가
이 섬을 만들었고 그때 우리네 어머니 아버지들이 처음 자리를 잡고 산 곳이
중산간 마을이다. 중산간 마을에는 그 이야기들이 노래가 되어 흘러 다닌다.

세월과 함께 흘러온 노래들은 풍경 속에 자연스럽게 녹아들었다. 화자가
순간순간 멈추어 풍경을 응시할 때, 노래는 들림과 동시에 보이는 것이 된다.
우리는 화자와 함께 풍경이 불러주는 중산간 마을의 노래를 듣고, 본다.
산이 섬이 된 이야기, 불탄 땅을 일구며 살아온 사람들의 이야기, 나무와 바람,
사람과 사람이 서로 기대어 살아가는 이야기, 꽃이 피고 지고, 바뀌는 계절과
날씨에 웃고 우는 이야기, 떠남을 슬퍼하고 기다림을 견디고 기쁨을 나누는
이야기, 만나고 사랑하고 싸우고 헤어지고 다시 만나는 이야기, 상처 주고
상처 입고 상처를 상처로 치료하는 이야기, 빼앗긴 날들에 절망하고 잃어버린
희망을 발견하는 이야기, 어머니의 어머니가 딸에게 들려주고 딸이 다시 아이에게
들려주는 이야기, 오늘을 살아가는 사람들에게, 어제를 기억하는 할망이
들려주는 내일의 이야기들을.

화자는 피리 부는 사나이가 되어, 중산간 마을을 따라 섬을 돌고 돌며 노래를 모은다. 그가 들려주는 것은 어제와 같은 이야기지만 우리가 듣고 다시 부르는 것은 새로운 노래이다. 우리 또한 이 노래들을 아이들에게 전해주어야 하기 때문이다. 아이들은 노래를 듣고 자란다.

_나오며

한 사람이 제주도에 도착했다.
어디서 출발했는지 묻는 사람은 없다.
아는 이 없는 곳, 마중 나온 이 아무도 없는 섬.
그녀도 이 섬에 오게 된 이유를 알아가는 중이다.

피부, 소독약, 풍경, 사진, 시, 공천포, 기다림, 섬, 어게, 비나리, 버스, 착각,
꼬닥꼬닥, 이정표, 밖거리, 차부, 눈, 손짓, 정류장, 혼디, 텃세, 우영팟, 몽생이,
세우리, 어멍, 꽃벽, 마실, 지슬, 안개, 물, 이름, 바람, 소리, 하논, 오일장, 귤꽃,
산담, 다라이, 상자, 귀가, 길, 아이, 함께, 퇴근길.
시린 작가는 글자를 모아 생명 있는 단어를 만들고, 서로의 만남을 주선하여
그들의 삶을 관찰한다. 흩어져 살아왔던 글자와 단어들을 응원하고 격려하고
있다. 책에는 섬이나 육지로 구분되는 정서가 아닌 것들을 담았다.

이 책을 통해 무거운 여행자에서 조금은 가벼워진 생활자로 진화하는 여자의
목소리를 들을 수 있다. 그리고 도착점 모르고 출발한 우리를 따스하게 안아 준다.

사진은 시다. 시는 사진이다. 사진과 시는 생각보다는 마음에 가깝다.
마음이 담긴 책장을 넘기는 행운을 함께 누려 보면 좋겠다.

오늘, 그대의 섬에 도착할 것이다.

- 사진심리상담가 이겸

시린은 차부에 부는 바람을 사진으로 담을 줄 안다. 마을 이미지를 이렇게
형상화하는 일이 결코 쉬운 일이 아닐 텐데, 시린은 거뜬히 해낸다. 그것은
마을을 자주 거닐며 탐구한 결과일 것이다. 이 책에 수록된 짧은 산문은 시라고
말하기에 충분하다. 사진과 시가 나란히 놓이니 사진이 시 같고, 시가 사진 같다.
펼치면 나타나는 사진들은 버스를 타고 가다가 무작정 내리면 나타나는
마을 같다. 사진 속 장소는 대부분 마을 사람들의 온기가 남아 있는 곳이다.
그러니 풍경 속에 사람이 없어도 정겹고, 따스하다. 시린은 오늘도 바닷가
작은 집에서 카메라를 정비하고, 다시 운동화 끈을 묶을 것이다. 그가 있어서
제주도는 하영 부드러워졌다. 이 책을 가방에 넣고 제주도 마을을 걷다가
폭낭 그늘에 앉아 펼쳐 다시 읽고 싶다.

- 시인 현택훈

1136번 국도를 따라 제주도 한 바퀴를 다 돌았다.
횡단도로를 선택하지 않는 시린의 고집에 두 손 두 발 다 들었다.
숨이 차다 싶으면 적당히 내려서 점방도 기웃거리고,
우리어멍 닮은 삼춘들의 웨울름에 자꾸만 금칠락하기도 했다.
시린 작가는 참, 제주어도, 곱닥허게 쓴다.
시린이 제주어를 쓰니 진짜 아꼽다.
시처럼, 노래처럼, 섬처럼, 아이처럼, 가볍고 아리다.
아이들의 질문에 잘 대답해 주는 어른아이 같다.

유난히도 오래 머물렀던 곳은
내가 한 번쯤은 살았거나 머물렀던 곳이다.
아니면 내가 아는 누군가의 고향이거나 어느 시인이 살았던 곳이다.
어떤 장소는 나에게 편애의 대상이다.
대흘리, 와흘리, 와산리, 선흘리, 신례리, 소길리, 수산리, 상가리, 어음리,
저지리, 월림리, 금악리, 무릉리, 토평동, 서홍동, 수망리, 의귀리, 토산리, 가시리,
호근동…
호근 살아보젠 헌 사람들이 여기 다 모였다.
차부에, 폭낭 아래, 눈길 위에.

아주 작은 바람이 있다면,
'늙은 녹색'을 찾아 제주로 온 육짓것 제주사람 시린이
누가 뭐래도 계속 계속 사진을 찍고 시를 썼으면 좋겠다.
높은 음이 잘 올라가지 않아도 계속 노래를 불렀으면 좋겠다.
현무암처럼 숭숭 구멍 뚫린 그의 손발어깨무릎발이
더 이상 시리지 않았으면 좋겠다.

이러나저러나
축엇이
시린은 시린이다~!

- 시인 강은미

* 웨울름-크게 지르는 소리, 금칠락하다-덜컹 놀라다, 곱닥허게-예쁘게, 아꼽다-귀엽다
  호근 살아보젠 헌-부디 어떻게든 살아보려 하는, 차부-정류장, 축엇이-영락없이

시도 마음을 담는 그릇이고 말도 마음을 담는 그릇인데, 입도 8년차 육짓사름이
제줏말로 시를 쓴다는 게 쉬운 일이 아니었을 게다. 풍광도 낯선데 제줏말은
오죽할까. 두 낯섦의 만남은 중심만 잘 잡는다면 각성의 호기이다. 이 책은 그렇게
시인이 고군분투하는 현장의 기록이다. 육짓사름덜이 제주로 들어오는 '올레길'이
될 수 있었으면 좋겠다.

– 『제줏말 작은사전』 지은이 김학준

송당, 저지리 페이지에서는 저희 살았던 집 궁금하여 지도앱 열어 로드뷰로
찾아가 보고, 추억이 담긴 마을들 다시 떠올려 보고. 귤꽃냄새 맡고 싶다,
나무 상자에 담긴 귤 보고 싶다, 예전엔 멀미로 차를 못 타는 어르신들이
많았는데 요즘 사람들은 상상도 못 하는 일일 거야, 하고. 가게 예쁘다,
간판 글씨 잘 썼다, 꽃담 예쁘다, 너는 어디까지 왔어 나는 이제 하가리다,
드디어 표선이다, 하며 즐겁고 감사하게 읽었습니다.

– 독자 위희진, 조성우

돌아온 이야기들

당신의 이야기는 무엇인가요?_

어멍 닮은 섬 노래

ⓒ 시린, 2022

초판 1쇄 인쇄   2022년 6월 20일
초판 1쇄 발행   2022년 6월 30일

글. 사진   시린
편집. 디자인   시린
표지   이은아
감수. 교정   김지희, 김학준, 조성우

펴낸곳   한그루
펴낸이   김영훈
주소   제주특별자치도 제주시 복지로1길 21
전화   064. 723. 7580
팩스   064. 753. 7580
이메일   onetreebook@daum.net

인쇄. 제본   대성프린팅

이 책은 아래 글꼴을 사용했습니다.
함초롬바탕, 무료글꼴 칠곡군 이원순체·권안자체, 무료글꼴 제주특별자치도 제주명조체, Adobe Fonts 디자인 210 에브리바디

이 책은 이름이 실린 모든 분들의 노력과, 이름을 밝히지 않은 더 많은 분들의 도움으로 만들어졌으며
영리를 위한 것이 아니라면 이 책의 내용을 자유롭게 이용하실 수 있습니다.

ISBN 979-11-6867-030-3 (03810)